ZUI
Zestful Unique Ideal

最世文化
Shanghai ZUI co.,Ltd

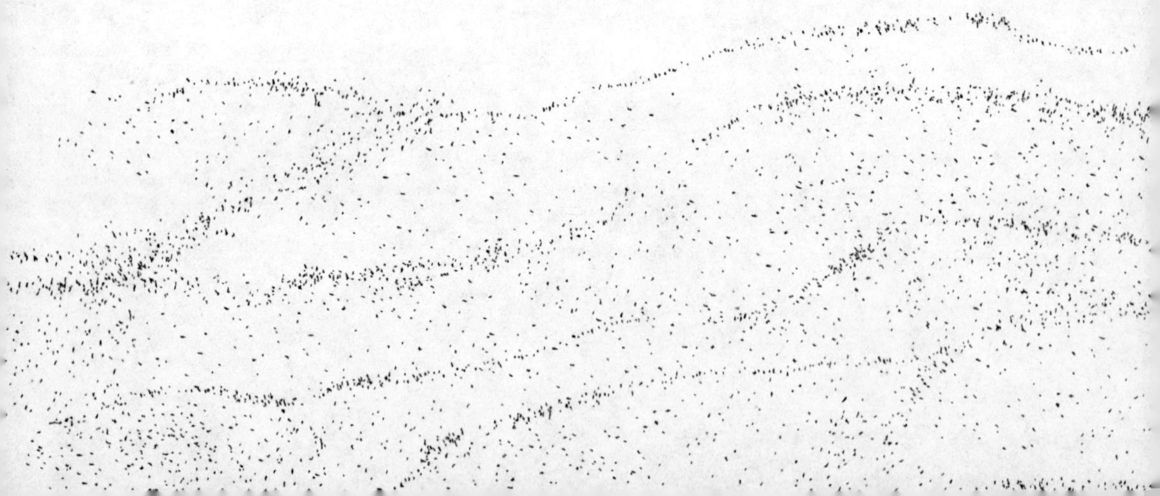

散文集

怀石逾沙

郭敬明 著

The eternal memory.

目 录
Contents

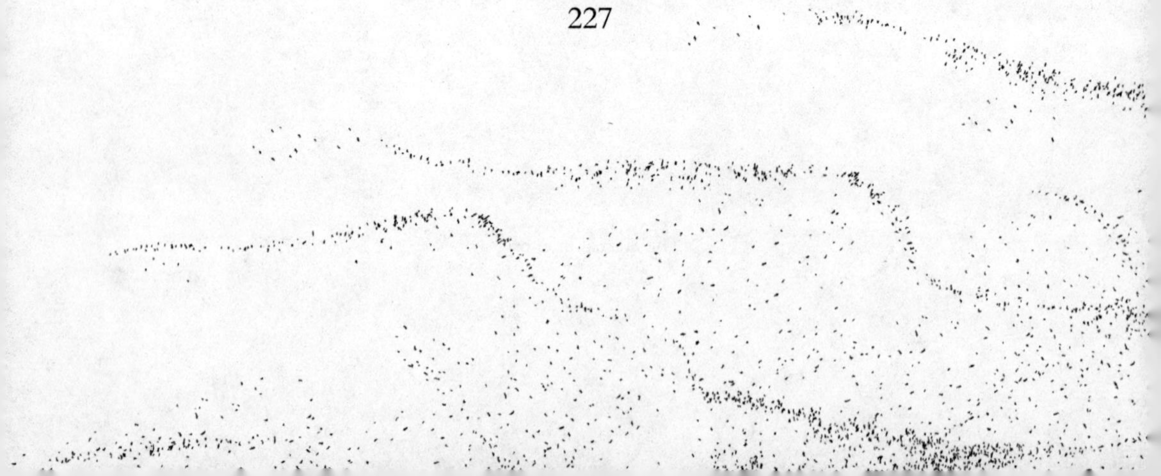

序

PROLOGUE

十七岁的单车

《左手倒影 右手年华》(2003 年版) 自序

文|郭敬明

(图案可扫描)

我怀念过去的你，怀念我留在单车上的十七岁，怀念曾经因你的一阵微笑而激荡起来的风，夹着悲欢和一去不再回来的昨天，浩浩荡荡地穿越我单薄的青春。明亮。伤感。无穷尽。

——题记

1

左手倒影，右手年华。谁可以相信这是我一年多以前想要出的书的名字。那个时候我在高三，在一种单纯可是近乎残酷的时光里，在一种仰望和低头的姿势里，想着不可接近可是又格外真切的未来，我在想那个夏天里看不到整片阳光的大学。我在想我应该对自己的时光作个总结，回忆，感伤，然后笑着开始自己全新的旅程。

2

有人问我，为什么我可以看见你高二的时候忧伤而清澈的文字，可以看到你大一的时候时而华丽时而朴素的语言，可是我看不到你高三的时候写过的东西，我想看看你，在每个人必须经过的一个路口，是什么样的心情。

其实很早就写下了这本书里的文字，写这些字的时候，我的心情前所未有地绝望。也许有人说我的忧伤都是清澈的，带着让人想向上看的张力，带着让人不想放弃的希望。我想也许他们没有看到过我在高三写下的文字，那么绝望，那么破裂。带着受伤的表情，我像个倔强的动物一样一路砍杀，一路躲避。

躲在某一个时间，想念一段时光的掌纹。

躲在某一个地点，想念一个，站在来路，也站在去路的，让我牵挂的人。

3

我总是在想，我是喜欢写散文的，那么那么喜欢。其实我是喜欢站在一片山崖上，然后看着匍匐在自己脚下的一幅一幅奢侈的明亮的青春，泪流满面。

我不知道自己是不是一个很好的记录者，但是我比任何人都喜欢回首自己来时的路。我不厌其烦地回头张望，驻足。然后时光就扔下我轰轰烈烈地朝前奔跑。

我最近一直在写小说，包括出版的和还没有出版的。我一直在编造别人的命运，我躲在他们起伏的岁月中，编着他们的故事，流着自己的眼泪。那些鲜活的人，总是出现在我的脑海里，一日一日，一夜一夜，他们看着我微笑，忧伤，最后看着我举手把他们杀死。

4

那天看杂志，看到一个学生说，她终于从高一升入高二了，她说开学之后就要和新的学弟学妹们抢食堂里的座位，看着他们充满新鲜感地走在学校里，看着他们在学校的树上刻下自己幼稚的名字，看着他们，感伤自己的老去。

我看着这段话心里突然被扯得很痛。我突然前所未有地想念远在几千公里之外的我的中学。很少有人知道它，它不像北京四中黄冈中学那么出名，连我们高三做的参考书上都会有它们的名字，我的学校很简单，我在里面笑过闹过，风光过，也哀伤过流泪过。去过，也离开过。

我在那里留下了自己单薄的青春， 留下了我十七岁骑在单车上吹口哨的日子。

断，断，断。

我听到时光断裂的声音，在我的身体里，也在我几千公里之外的故乡。

5

这本书里面的散文，是我在高三的时候写的，那个时候我在学校的老师家住，一个教美声的老师，卓越和我住在一起。只是他中午在那儿睡觉，晚上他要回家。每天早上我还在睡的时候，就可以听见他开门的声音，然后他放书包，再然后就把还在睡的我打起来。

那个时候我没有把电脑搬到我住的那间房间去，所以我写东西就在纸上乱画。我的老师家有个很小的天井，有风的时候我就喜欢搬张凳子去天井里，然后在白色A4的纸上唰唰地写。那是我写作生涯中唯一一段用手写的时光。于是我也知道有一种东西叫手稿。因为电脑写作一直以来占据了我生活的绝大部分。

一个遗失手稿的年代。

而我，是一个快乐而单纯的原始人。

6

在这本书里，你们可以看到很多的人，很多很多的人，他们出现在我的生活里，带来可以分享的单薄的青春，带走我无穷无尽的牵挂。

很多人我不知道他们现在散落到了哪里。如果真有我所想象的那种鸟，我想叫它们在看见我的那些朋友的时候，告诉他们，我很想念他们。

《天亮说晚安》是我在这本书里最喜爱也最心疼的文字，我写摇滚写旅行，写这些早就从我的生命中消失掉的东西。当我重新看着这些文字的时候，我的难过一如深深的湖水，那个湖中沉没了我的那些CD，我的风景，也沉没了我的那辆十七岁的单车。没有人经过。它们一直安静地沉睡。

这些文字就是我高三的日子，一长串的、连绵不断的日子。

7

那天突然想起《十七岁的单车》，起来又看了一遍。看得心情悬在空气里，无法落下来。

突然就想起了《将爱情进行到底》的主题曲《遥望》。小柯的声音嘶哑可是感性。

看见你从门前经过时有一些悲哀，于是就轻轻唱了起来。

当你小心地在我身边静静坐下来，告诉我生命多精彩。

在你我相爱的地方，依然人来人往，依然有爱情在游荡。在你我相爱的地方，依然有人在唱，依然还是年少无知的感伤。

那些鲜活的面容，无数次地出现在梦里，我不知道为什么自己对这个商业的肥皂剧有这样的感情。也许我看到了我的青春，他骑在单车上，摇摇晃晃，冲我微笑。笑得泪光，如同钻石一样落下来。

8

我曾经写过的几个句子．我喜欢它们：

第一，我会等你。

第二，牵着我的手，闭着眼睛走你都不会迷路。

第三，一恍神，一刹那，我们就这么垂垂老去。

郭敬明于上海

2003年4月

第一章

THE ETERNAL MEMORY

刻下来的幸福时光

梦声

我，一个普通的孩子，身体健康笑容灿烂，热爱生活可惜爱过了头。我总是思考一些不容易有答案而且容易让我对生活失去信心的问题，其难度不会低于哈姆雷特在生存与死亡之间的痛苦挣扎。

其实我觉得我是将自己美化了，我的这种状态与其说是思考不如说是神经错乱，而且后者明显要贴切很多。

坐在车上我总是很容易就灵魂出窍，因为窗外穿梭不息或激动或冷漠的人群总是给我太多太多关于这个城市的暗示。比如路边高傲的白领女子与满面尘灰烟火色的老妪。尽管艺术需要对比和参差的落差美，可是这样的对比让我束手无策。正如我接受艺术中的夸张和移接，可是我还是会对达利笔下的那些有着麦秆般纤细长腿的象群感到恐惧。我总是不明白那么伶仃的细脚如何承受上吨的体重，况且大象的背上还有人类耀武扬威的行动宫殿。越不明白就越恐惧。人类总是害怕自己未知的东西。其实这是一个好现象，如果有一天人类什么都不怕了，那人类也快玩儿完了。我不是危言耸听。余光中有本散文集叫《高速的联想》，我想我是低速的联想。没人会对公车的速度抱有希望，我也没有，但是我也不失望。我觉得这样的速度比较适合我神经的运转速度或者说是错乱速度。公车高大的玻璃总是让我觉得自己像是在看一个精致的橱窗，外面的人和物像是精心编排的设计，一个一个渐次上演。看着他们我总是很难过，这个城市是如此地诡异却又如此地单调，重复的生活让那些匆忙的人陷入一种不易觉察的麻木，没人会思考城市与尘世的区别，偶尔会有学生在语文考卷上区分“城市”与“尘世”的读音。所以我也只好继续重复先哲说过的话：生存即苦难，活着即炼狱，我们无处可逃。窗外路边是各种各样的商店以及里面用一般等价物来购买劳动产品的人，街道边是春深似海的香樟以及从枝叶间摇晃下来的阳光，一瞬间我想到辛酸想到忧伤，我觉得自己矫情恶心得像一个文人。

我也会在看电影的时候发出各种各样的思考，以至于我不得不将电影重看一遍、两遍直到 N 遍，电影的内容往往模糊而电影带来的感觉却清晰分明犹如切肤。我喜欢看恐怖片可是我不害怕好莱坞高科技所幻化出的怪物，不管是虚幻的异形还是真实的恐龙，我想只要恐龙敢到我家的后院喝水我就用加大型猎枪将之射杀。可是我怕贞子，因为她太像人。如果贞子从电视机里爬出来我会果断而迅速地从另外一台电视机爬进去。蒲松龄说人死后会变成鬼，鬼死了会变成鬼的鬼。鬼的鬼非常地怕鬼，正如鬼非常地怕人。按照如此推算人就是世间最可怕的东西。我可以想象一只狮子咬死另外一只狮子，可是我却无法想象一只狮子用辣椒水老虎凳来对付另外一只狮子。可见智慧并不完全是善良的东西。雅典娜赐给人类的是一把双刃剑而非盾牌，砍伤敌人也割破自己，最后的最后大家同归于尽。很多人将 *A.I.* 归于科幻片，少数人将其归为探索人性的艺术片，而我则将它看成恐怖片。电影里疯狂的人以屠杀外形与人类一样的机器人作为生存的乐趣，手段包括肢解、火烧、浇硫酸，而一个机器人却在为得到人类的亲情而倾其一切努力。如此荒唐的倒置叫我作何反应？生命中不可承受之重不仅存在而且一抓一大把。恐惧已是必然，只是恐惧的程度高低不同而已。*A.I.* 的结尾大卫终于还是得到了人类一日的亲情，而他的代价是机器人近乎永恒的生命。“当你学会睡觉的时候你就学会了死亡。”大卫最终还是拥着他的妈妈睡着了，表情温暖而甜美。可这样温情的画面却让我难过得胃痛。快乐的猪和痛苦的苏格拉底我历来都是向往前者，并且思考越多越痛苦的道理我也早就明白，可是脆弱丑恶的人性总是让我不可避免地成为痛苦的猪。一痛三四年。

可是在中国，写论文的思想家看不起卖弄技巧的小说家，小说家看不起电影剧本创作人。众人叫嚣：别拿电影说事儿。无论是主流票房大片还是边缘另类作品，一律遭到四分之一眼角余光的待遇。似乎渐渐小说都不再玉洁冰清，上海的那几个宝贝为某某卫生间够气派否某某男人够猛烈否穷尽言辞，并且把所谓玉照满世界扔，一同在网上破口大骂如同泼妇，也许她们约好了，so that 大家一起出名。

没有天，没有地，没有酒，没出口。什么都没有，也许这才是世界的本质。“本来无一物，何处惹尘埃”，佛祖的训诫常常有用。我是个多信仰的人，我知道肯定所有的信徒都会骂我的不专与轻狂，可是只要是能让我释然的信仰我都乐意去接受，哪怕做一个讽刺漫画里戴着十字架拜观音的基督教徒。梦中的梦中，梦中人的梦中，也许一切都只是繁华的布景，可能某一天，人们在布景前所有的蠢动都会突然消失，一夜间繁华落尽，这也不是没有可能。几亿年前猖獗的恐龙也是无声无息地消失掉的，徒剩下庞大静默的骨骼让人唏嘘。也许正是因为这样才会有那么多的人选择朝生暮死放浪形骸，也许大家只是想在死亡之前与尽可能多的人发生尽可能多的关系，然后一起手拉手义无反顾地奔向死亡。是悲哀还是悲壮？释迦牟尼脸上的表情永远慈悲，可千山万水五行三界却还是逃不过一个“空”。

我觉得好笑，我笑了笑结果脸上是痛苦的表情。我觉得自己无可避免地重新恶心得像一个中国的小文人。就像他们乐意称喜剧为“讽刺剧”或者“含泪的闹剧”，他们认为笑要笑出眼泪笑出痛苦才算笑得深刻，可是这违反人的生理本能。郭小橹说：“中国的知识分子天性崇拜苦难鄙夷轻浮。他们认为喜剧的目的必须与喜剧形式的出发点相背离那才是对的。”

我不喜欢走路可是我却走了很多路。人类发明以车代步对我而言真是意义重大。我想人类建造的庞大的物质文明的确不断削弱着人的精神意志，哪儿舒服就往哪儿靠，理所当然地往死里懒惰。我走路的时候总是浮想联翩，街上的车水马龙与光怪陆离，无穷无尽的广告牌，今天的有点甜，明天的二十七层净化，一切都给我物质上的直击与精神上的暗示。我不止一次地碰见一个慈眉善目的修女就跟着她走，忘记自己原来的方向，一直走到这个城市唯一的一所教堂里面。我既不祷告也不聆听，我就站在三十四排长木椅中间神经错乱。思想上下沉浮生生不息。我看着修女圣洁的脸就只想到圣洁，很少去想当年被抛弃在教堂后门边的小女婴如今已长大成人。很少想可是我还是想过，我觉得自己异常恶毒。古人说了人的三重境界：见山是山见水是水的是庸人，见山不是山见水不是水的是伪装智者的恶心的庸人，而见山是山见水是水（注意与第一重境界含义有了根本的区别）的才是真正的智者。我总是在思考庸人与智者的区别，两者是那么地相像却又那么地疏远。我看见修女圣洁的脸就看到了圣洁，可是我还看到了圣洁背后聚集在一起又弥散开来的历史的烟云。我不知道自己算是智者还是庸人，或者我就是个彻头彻尾的恶心的伪装者。

以前我总是用一些独特的言行来标明我在这个世界上的独一无二，可是我发现没有必要。以前我总是自豪于自己品位的非主流而嘲笑一切主流的东西，可是我却忽略了这个世界变化得太快。几年前认识朱哲琴的人少得可怜，可是转眼她的演唱会开到全国疯传，在上海我看到《天唱人间》的海报飘荡在各条大街上，上面朱哲琴化着精致的妆，回想她刚出道时披着氆氇素面朝天唱《阿姐鼓》的样子真是恍若隔世。然而我的另类却不能彻底，我干什么都不能彻底。比如我成绩很好可是却不是顶尖，我无法让自己安守在那个用书本围起来的金字塔里面享受刺人的高处不胜之寒，外面的红尘对我有太多太多的诱惑，我双手抓满的同时双眼仍应接不暇，可是我不讨厌考试因为它能证明我的价值。比如以前我想过要让我的文字绽放其价值，可是当我第一次领到稿费的时候我体会到了理想转变为现实时一瞬间的恶心，连我自己也弄不明白现实有什么好恶心的。比如我听重金属听死亡摇滚，可是我却有干净明亮的好学生样子，我不会将自己装扮得像一个愤世嫉俗的小朋克，当我戴上耳机的时候别人总是问我是不是在听刘德华，我笑笑说：不是我是在听黎明，没人知道高速运转的是一张摇滚 CD——连北京都很难找到的《撞昆仑》。我很早就听过《伊索寓言》中的“一百只鸟有一百零一种落地方式”，可是我直到现在才明白。无论高调低调主流另类，怎么活都是活，欢欢喜喜一百年。你拔下一根头发它也是独一无二的，别人的要么比它黄要么比它黑，可是没有和它一样的。甚至连“今天的你已不再是昨天的你”，因为生物老师说细胞持续分裂与更新。所以我开始听一些纯商业的流行乐，比如格莱美比如 TOP 20。我收起以前的摇滚 CD 如同收起一个不醒的梦。梦人人会做可是能占梦的有几个？占不破就不要做。

说着说着我就很悲壮。我总是在悲壮的情绪里反复游走，企图寻找到一条出路，偶尔我会想到王菲眼角用碎钻拼成的眼泪和她梦呓一样的 RAP：我想找条出路，到底有没有出路。这种情况有点像我置身于一口枯井之中四面碰壁，情况更糟一点的时候连井口都会封起来。那不再是上穷碧落下黄泉，而是上黄泉下也黄泉，彻底地没有出路。其实本没有路，走的人多了也便有了路。我总是在等待别人将路走出来，可是等白了头发还在等着。只有轮回继续地转，日升月沉草木枯荣。有些事情沉淀了，但太多的事情却被遗忘，刻意或者无心。我的朋友说：若能不去遗忘，只为纪念，只感温暖，那么我宁愿一生只作一季，一个笑容带走一年。是谁说过：时间仍在，是我们飞逝。

所以悲壮的时候我就昂首挺胸，仰天一笑泪光寒，然后继续满面笑容地叫嚣乎东西隳突乎南北。滚滚呀红尘呀翻两番，天南地北随遇而安。小蓓说哪怕再不和谐的旋律，唱到最后，暗哑也变作了深情。可是那需要怎样的坚持怎样的勇敢和怎样的神经质？佛祖脸上的笑没有轻浮却有嘲讽：世人太执着，镜月看不破。可是怎样才看破，放下十八界是否就身轻如羽化？身上的枷锁与脚下的水牢该如何超脱？李白花间一壶酒可以邀得明月徘徊影凌乱，可是就我而言，明月邀不下来，只有单薄的影子空空荡荡地飘在枝叶间被刺得千疮百孔。

谎言终究是谎言，可我还是不忍将那张薄薄的窗纸捅破。我宁愿自己骗自己。可是这样的生活让我难过得胃痛，痛得肝肠寸断死不足惜。无知者无畏无痛无忧伤，知者早已超脱，只有我这样的半知者活该痛得肝肠寸断死不足惜。

生活的琐碎与空洞密密麻麻地回旋缠绕，编织成铺天盖地的一张网，我在网中央神色安详地坐着，没有逃跑的欲望与冲动，因为我总是幻想自己已经身在网之外，如同佛经中的“觉是”，想着是也就真的是了。我坐在网中而时光荏苒，物质和岁月轰轰烈烈地向后退，而思想和灵魂欢欢喜喜地向前奔，如同飞天一样升华精神而空留下肉身。唯有思想冰清玉洁地持续拔节，如同雨水丰沛中欢天喜地的麦子，张楚说：麦子向着太阳愤怒地生长。

我和我的思想也在向着太阳生长，可是我不知道有没有愤怒。我听见梦想的声音，也听见梦魇的声音。但庆幸的是，我还能做梦。

但可以肯定的是，明天的太阳总会升起，而且一定是新的。

8 月天高人浮躁

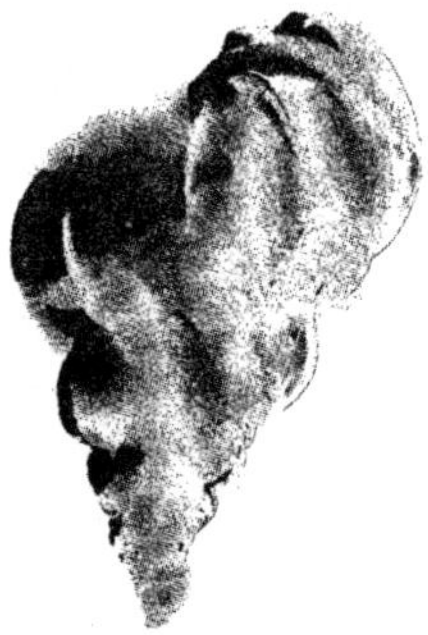

我在新的日记本的第四页写道：8 月是个疯狂的季节。

高三的学生上天的上天入地的入地，剩下一个空荡荡的人间给我。我在天地中间翩翩起舞，可是越舞越凄凉。《荷塘月色》里的朱自清说：“热闹的是他们，我什么都没有。”其实我挺热闹的，可我还是什么都没有。

除了浮躁。8 月让我浮躁。

我开始浪费大量的时间行走于这个城市森林的夹缝，看满城的灯火摇曳车水马龙，看一个接一个的街道路牌，看妆容无懈可击的女子行走时打电话的样子，看 8 月天空中罕见的风筝，它们在天空上俯视着这个世界，带着一种高高在上的怜悯——它们忘记了那根握在别人手中的线，它们看起来开心得不得了。

空气在热度的炙烤下变得扭曲起来，自己的脚印刚刚留下便被身后的人群重新踩过，覆盖，消失，仿佛我从来没有路过一样。什么“天空没有翅膀的痕迹可我已经飞过”，真是见鬼。而这一切的一切像是 8 月对我的一种暗示，我开始逐渐听懂季节的语言。

我开始放弃速溶咖啡而选择磨咖啡豆，尽管这样会浪费掉父母眼中如黄金一样的时间。一寸光阴一寸金，一个小时不仅等同于 60 克金子还等同于一篇规矩的 800 字作文 50 个英文单词 10 个陌生的化学方程式和 3 道有难度的数学题。我看着自己制造出来的咖啡常常很有成就感，于是我也明白了为什么父母那么喜欢自己的孩子，他们制造出了精密复杂而且对他们言听计从的小孩，他们理所当然地更加具有成就感。但我更多的是悲壮感——我想没有哪个父母看见自己的孩子会觉得悲壮吧。

我开始白日做梦地设想自己将来挥金如土的生活。我的朋友飞鸢曾经说过她也想过宝马香车的生活不过一切要以“假如我中了百万彩票”为前提。梦中的梦中，梦中人的梦中，也许一切都会美丽一点。有一个美丽的新世界它在远方等我，可是我怎么去？地铁？飞机？火车？轮渡？还是像我一样慢慢地走过去？抑或是像爱丽斯漫游？

我开始对自己的前途失去信心且摇摆不定。我想成为一个伟大的作家可是却不希望违背父母的愿望，他们希望我成为一个优秀的理工科人才，他们把这种愿望赤裸裸地写在脸上。我想放弃学了两年的理科而投奔文科只为了能上一上中文系。但这个念头也在三秒钟之后被我自己无情地否定了。

朋友飞鸢说：“就连罗伯特·弗罗斯特这样的智者都会在鱼和熊掌之间犹豫不决，何况摆在区区在下我面前的同时还有鲍鱼和大闸蟹。”我想我的问题还要严重一点，我面前摆着满汉全席。

对于以上种种我妈说我浮躁，我觉得她一针见血堪称语言大师。王菲的浮躁有三个寂寞的音节：LA JA BO，而我的浮躁无声无息，像一个闷起来的罐头。喧嚣注定离我很远，可我不知道我拥有的是安静还是寂静。小 A 说得对：有时候寂静比喧嚣更为张扬，比如我们总是在飞机起飞时庞大的噪音下面麻木地低头行走，不会停留，却会在一只鸟飞过天空的时候驻足抬头张望，哪怕“天空没有翅膀的痕迹”。

其实我还是有过很多的计划与目标的。比如我很早就下过决心要在高三来临前的那个 8 月 1 日开始全面进入高三冲刺阶段，晚睡早起，天天向上，身体健康，勇往直前。我甚至连写字台对面的墙壁上要贴的标语都想好了：我要和白炽灯一起散发顽强的生命力！比如我从暑假一开始就决定了我要去参加 C 大的英语夏令营，我要成为集语法、听力、口语三位一体的强大上帝。可是最终一切宣告破灭，我的理想和泡沫经济一起灿烂地诞生然后又轰轰烈烈地消失。8 月 10 日的时候我还是每天接近中午的时候才起床刷牙洗脸戴隐形眼镜，偶尔运气不佳走动中还会碰翻几张凳子。

英语夏令营最终被数学补课取代——我没办法和数学撕破脸，因为我还要靠它搀扶着进大学，所以我对它百般谄媚卑躬屈膝且机关算尽毫不手软，尽管我知道和一帮金发碧眼的外国人每天鸡同鸭讲会让我活得比较有趣，但我还是果断地放弃了 C 大的夏令营。

对于“晚睡早起”的目标，我的完成情况是虎头蛇尾，“早起”没有达成，但“晚睡”却完成得保质保量，白炽灯和我一起在黑夜中垂死坚持。可是 60 瓦的灯光下面却是五本很厚的《古龙全集》。我开始重新审视这个让我在初中时极度着迷的作者。十天之后我发现了“天妒英才”的内涵，同时感叹惋惜古龙的英年早逝。那些大侠总是闯进我的梦里来，梦里他们手拿《巧用立体几何辅助线》和《化学方程式全集》，他们用暗器银针搅拌着蒸发皿里的溶液。

那天做梦的时候我见到了花满楼，那个风度翩翩的瞎子张开双手对我说：我有万花满楼。于是我也很肉麻地张开双手深情款款地说：我有万卷满柜。并且将那些有着各种分数的试卷拿给他看，完全不考虑一个武侠世界的人如何面对英文的虚拟语气和化学平衡，况且他根本就看不见。醒过来之后我觉得这真是个好笑话于是就打电话讲给小 A 听，结果他说我脑子烧掉了。

其实我一直很崇拜那个花先生，温柔、善良、生机勃勃且充满感恩，古龙让他看不见东西也许是最明智的举动。而我，一个在现代科技镜片支撑下看得见花花世界的红旗下的像头驴一样欢快蹦跶着年轻生命的新青年却百无聊赖，我怎么不羞愧得要去死呢？

是生存还是死亡，这是全天下的事情。

有时候人的思维可以产生爆炸性的突变，所有细胞自由思考然后产生让人莫名惊诧的决定。所以人类一思考上帝就发笑。所以老子告诉我们“天地不仁”。“不仁”就是不思考、不负责、不主动、不干涉，一视同仁，关我屁事。

2002 年的 8 月 12 日我的思维爆炸性突变，我穿越大半个城市只为去吃一碗牛肉面，天气预报说今天阴到多云，可是太阳却前所未有地毒。我想起小 A 说的话：这世界上除了天气预报之外没什么不可相信。我当时还被这个奇怪的逻辑给绕住了。我思考了很久，分析了句子结构，才确定了他想表达的意思。我走在太阳下面，浑身淌水冒蒸汽，像一个行动的电水壶。我突然想起上海戏剧学院的那个 MM 说过的话：看谁更毒，看谁先弄死谁。我觉得这样下去可能太阳会被我先热死也说不定。

牛肉面很辣，太阳很毒。我旁边一个小女生一边吃面一边把大颗大颗的眼泪掉进碗里。我想可能她的男朋友以前常带她来这里，而现在物是人非了。看见她快要吃完的时候，我对她说；小姐，其实失恋没什么的。她白了我一眼说：我倒情愿是失恋呢，别招惹我，我刚落榜烦着呢。于是我恍然大悟，同时我也想起一个笑话：两个女生打架打得死去活来，老师问她们为什么，其中一个很有理地指着另一个女生说，她说她做梦都要诅咒我高考落榜。我不知道该把笑话讲给身边的哪个人听，于是我只好自己笑了笑。

在我吃完牛肉面之后我的思维恢复正常，所以我没有傻到想要重新走回去。11 路的大巴很空旷，因为现在不是下班时间。我有过在下班时间乘车的经历，那一刻我觉得似乎全世界的人都在挤公车。而现在我和我的背包一人占一个座位坐得相当心安理得。高背整洁的木椅，窗外是春深似海的香樟，而我，由城市的西南角向东北方向穿行，闭目养神，满心喜悦，没有方向，不知道未来的轮廓，也看不清此刻的边缘。

离开学还有几天的时候我开始不停地翻看 2002 年的高考指南，尽管它已经过期。王家卫说：沙丁鱼会过期，凤梨罐头会过期，连爱情也会过期，我不知道这个世界上还有什么不会过期。我知道，也许高考永远不会过期。那天看到一个宽带的广告：宽阔的桥面，可能有一百条车道，成千上万的汽车在上面轻松地跑，于是我就想如果高考的独木桥变成那个样子该有多好，大家一起手牵手一路小跑进大学，不用抢车道，不用轰油门，甚至大家可以彼此谦虚地踩一踩刹车也不一定。

但我知道这就像比约克唱的那样：It's just a dream. 梦人人会做，能占梦的有几个，而最终将梦实现的一个也没有。梦之所以称之为梦就在于它的不可实现。很残酷，可是也很有道理。我记得谁曾经说过，当一个孩子开始学着去讲道理的时候他就长大了。我想我还是不可避免地长大了，可我不知道我是从幼虫变成了一个封闭的茧还是从一个封闭的茧破裂成了一只美丽的蝴蝶，我想也许可能会是后者，不然不会那么痛。

补课日渐逼近，我知道开学和“一模”匍匐在后，“二、三、四模”渐次埋伏，最终 boss 高考先生等在最后，一切像是国际象棋。我是冲在最前面的那个拿着铁枪的小小士兵。

这个 8 月最终还是被我浪费掉了。明年的这个时候我要么上天要么入地，总之不会在天地间悬着，想浮躁都已是不可能，而这也是我早就知道了的。

断夏

怀石逾沙

1

2001年的3月刚刚过半，我和小蓓就开始每天消耗掉1000毫升的雪碧，以此与发了疯般日益飙升的气温抗衡。每喝光一瓶雪碧的时候小蓓就说这个3月彻头彻尾地疯了，春天热得像夏天简直不像话。而我总是不说话，一来说话加速体内水分蒸发；二来在小蓓说话的时候我在考虑要不要再买500毫升雪碧。

杂志上说：小时候看见以“二零几几年”开头的文章就知道人们又开始编故事了。

我也一样。小时候总是以为二零几几年的人都应该戴着个笨重的金属头盔在黑色肮脏的天空中飞来飞去，或者准确一点说是茫然失措地荡来荡去，怎么都无所谓了，反正是在空气里悬着，上不着天下不着地的。可是当站在二零几几年的时候，我发现时光依旧流转街市依旧太平，我依然是每天都要做完七八张印满阿拉伯数字的试卷，小蓓依然是每天要抱着厚得足够砸死人的《中国近代史》穿行于长满香樟的校园，我依然要为了语文拿高分而写些恶心自己也恶心别人的文章，小蓓依然要每天喝掉1000毫升的雪碧否则就会像白素贞一样被夏天的阳光晒得毛骨悚然。

我依然可以心平气和毫不激动地写下开头的那句“2001年的3月刚刚过半”。

站在二零几几年的影子上我心如止水。小蓓说这是由于被痛苦长时间持续猛烈地袭击而造成的感觉神经麻木。我于是点点头，随即想起生物书上写着生物对环境总有一定的适应性。后来我翻生物书，发现下面还有一句：生物的适应能力有一定的范围，当环境的恶劣情况超过生物的适应能力会引起生物的死亡。

我吓了一跳，把书扔得远远的，我觉得生物书像条毒蛇，它狠狠地咬了我一口，伤口很小但却很深，留在看不见的地方隐隐作痛。

2

某某说：频繁的月考像翻来覆去的死。

2001年的春天我和小蓓就开始一直处于一种反复的状态：死,然后重生，然后再死，然后再重生。小蓓说凤凰火鸟之类的东西比我们差远了。

高三的师兄师姐们刚刚挨过了第三次模拟测验，走过校园的时候我和小蓓都不敢看他们，怕看到一张咬牙切齿目露凶光的脸，怕他们的恶劣情绪波及下来影响我们。他们说高三的学生是“坐在地狱仰望天堂”，而我们是什么呢？小蓓说：我们是坐在床上仰望天花板——无所事事。

2001年的夏天也就是我们高一末的夏天，小蓓和小A选择了文科，把我孤身一人扔在理科，他们说是要把我扔在恶劣的环境里培养我高水平的抗击打能力。我笑小蓓是一个变节者而小蓓则说我这个人太软弱。我说我留在理科拥有所谓的气节，小蓓说她选择文科就算死也死得轰轰烈烈。我们都有自己的理由于是我们在各自的方向上义无反顾，削尖了脑袋奔向新的生活——或者新的死亡。谁知道呢？

我看到生命从我头顶飞过时投下的斑驳深邃的暗影，沙漏翻过来覆过去，千重鹤又灿烂地开了一季。我知道又过了一年了。很多事情也改变了。

小蓓已经可以将自己的物理成绩只有一位数当作笑话来讲了，而我也可以心平气和地说鸦片战争的年代是1804年了。无所谓，随便的事儿。

我想我这辈子一定不能出国，否则我一定会后悔。因为当那些外国友人问起我的国家的历史时，我一定会不知所措。而后那些蓝眼睛黄头发的朋友就会瞪大眼睛问我：Are you Chinese？

这问题可就严重了。我是个爱国的人。

于是我就开始思考我拼命将外语成绩考到全年级前十名到底有什么意义。或者像人们关心的那样说，有什么价值。

3

窗外的蛙鸣一阵一阵地袭击我的耳膜，我不知道是不是它们的更年期到了，因为我从蛙声里听出了从未有过的惨烈、烦躁以及绝望。

我甚至连像窗外更年期的青蛙一样叫两声的企图都没有。我破罐子破摔了，你爱怎么着怎么着吧。

打电话给小 A 的时候我就这么告诉他。他在电话里骂了我近半个小时，他说一个人怎么可以如此地没有斗志。我说斗志这东西是无所谓有无所谓无的，想的时候多了，也便有了，不想的时候，斗志就一点一点地削弱。这就好像冬天睡在寝室里冻得要死一样，你想想这是睡在家里暖气的笼罩下面，想着想着就能睡着了，一旦睡着了不想了，寒意就卷土重来，冻醒是必然的结果。说完之后我发现自己比喻论证的技巧越来越纯熟。

我听见小 A 在电话那头长长的叹息声。于是我对他说：你放心好了我暂时死不了，我是那种“看起来特弱，却怎么都弄不死”的人。

小 A 说：五一我回来看你，你小子在五一前给我安安分分地活着。

我说：我一定留着小命等你回来过五一。

4

小 A 转学了，小蓓去了文科，小许离开我的城市上大学。这是半年前我可以想见的最大的悲哀。可现在我又觉得无所谓了，觉得有时候一个人的生活也挺好的，可以自己对着自己任意地发脾气，然后一个人抱着枕头乖乖地睡。那么现在我能想见的最大的悲哀是什么呢？我想了想，无可悲哀。

小蓓第 N 次将数学试卷揉成一团准备扔出窗外，可冷静了一下之后又第 N 次小心地将试卷展开抚平。我说小蓓你这个动作充分反映了你的软弱。小蓓面无表情地说：如果高考不考数学我可以比谁都坚强。接着我和小蓓同时听到新建的综合大楼里传出卡拉 OK 的声音。小蓓听出来那是某某某美术老师在唱莫文蔚的《坚强的理由》。我觉得某某某的声音除了沙哑之外没有任何像莫文蔚的地方。不知道为什么我想起我窗户外面绝望的蛙鸣。

综合楼从修好的那一天起就没停止过折腾。先是川美的教授来上课，然后是华师大，现在是复旦的教授来了，我朝思暮想的大学的教授来了。我作好蹲踞式起跑的准备，结果还是被挡在新修的宽敞明亮的礼堂之外。原因是在我之前报名的名额已经满了。我朝里面望了望结果看到了某某某、某某某。我不知道这些打开电脑之后除了会开 QQ 之外一无所知的人来这儿听电脑讲座有什么意义，或者有什么价值。我只知道我被挡在了门外，不管我拿了多少次计算机考试的 A 级证书和参加了多少次计算机培训。我在楼前看了一会儿欢迎牌上大大的“沪”字之后，就晃晃悠悠地回家去了。

5

我回到了自己的家。我这个住校生居然也有了自己的家。

去年的夏天我和小蓓尝到了没有风扇是什么味道，频繁地停水不能洗澡是什么味道，面对一群用可以弄死我们的杀虫剂也弄不死的蚊子时是什么味道。小蓓住的女生楼面朝湖泊，蚊子相对少点。而男生楼则坐落在茂密的树林之内，我们自我安慰地说森林中有一座宫殿，里面住着许多英俊的王子。我每天晚上睁着眼睛听着寝室里嚣张叫嚷的蚊子总是恍惚地觉得自己站在 1999 年南斯拉夫的大地上等待着不可预计的空袭。

在我和小蓓的忍耐达到最大限度之后我和小蓓一起逃了出来，到外面租房子。我住在街头的一栋小阁楼里，而小蓓住在街尾，中间隔了五分钟的步行距离。君住街之头，我住街之尾，共同停电，共同停水。

遇到朋友恭贺乔迁之喜，我和小蓓会满脸严肃而沧桑地说，我们都是有家的人了。

小蓓的房间很大，空空荡荡得像个车库。我对小蓓说我觉得停辆东风卡车都没有问题。而我的房间很小，停辆摩托之后大概也剩不下多少地儿了，所以我能搬进去的东西不多，最后我选择了大堆的书和磁带。看着 12 平方米的房间被我一点一点填满我有种满足的感觉，我对自己说这就是我的家了。

之后每天晚上我就在这12平方米之内来回溜达，听窗外绝望的蛙鸣，这些更年期的声音多少可以冲淡一下生活的无聊。

于是这种状态就一直持续下来。

6

4月的愚人节一点也不好玩，以后的日子我和小蓓依然翻来覆去地死，身经百战。

这个春末夏初我开始疯狂地想上海，小蓓开始疯狂地想北京。

我做梦的时候常常梦见华亭路上大大小小的老房子、衡山路漂亮的街道、南京路的灯火辉煌、和平饭店粗糙而厚重的外墙、江面上飘忽而过的汽笛、张爱玲住过的院子、人民广场上群飞的鸽子，还有我在里面进行了三个小时考试的中学，还有浦东，可是我没有过江，没有站在东方明珠和金茂大厦下面深情地仰望一次。

而小蓓却在想北京的冰天雪地、四合院温暖的灯光、大串大串的冰糖葫芦、各种酒吧里的摇滚乐队、北大未名湖里清澈的涟漪以及故宫厚重的黄色布幔及金光闪闪的龙椅。

这个春末夏初我和小蓓就这样一边做着白日梦一边苟且地活着。我说我要考上复旦而小蓓说如果不考数学的话她可以考虑一下北大的问题。

期中考试的情况可以说是惨烈。全年级数学及格的人可以用手指头数出来，小蓓很开心，因为就数学而言有很多人为她陪葬。她嬉皮笑脸地说一个人的死亡是莫大的悲哀，而一千人的阵亡是不可抗拒的命运，所以她不打算挣扎了。

期中考试的作文题目是《梦里走了许多路，醒来还是在床上》。结果我写了我梦中的上海，小蓓写了她梦中的北京，不约而同。我想我是彻底被这个春末夏初的白日梦情绪控制了。

期中考试之后老师对我们进行考后教育，她说全年级的前二十名上北大清华应该没有问题了。于是我就乐了，我想我要考上复旦还是大有希望的。

7

钟钟和蚊子去参加成人宣誓了，光明正大地旷了两节课。据说地点是在烈士陵园，为此我和小蓓笑了很久。小蓓说：不就成个人吗气氛弄得那么悲壮干吗。我和小蓓暂时还是未成年，所以我们这两个孩子可以没心没肺地一直笑。

蚊子说宣誓那天陵园里黑压压的到处都是人，你挤我我挤你，烈士陵园随时有多添两个烈士的可能。蚊子说宣誓宣了十分钟，握成拳头的右手酸得像要掉下来。我和小蓓同时对她说这是 growing pains。

8

那天晚上我一个人坐在写字台前面对着窗外黑暗的天幕和绝望的蛙鸣思考我究竟是一个什么样的人。

我想我应该算个安静的人吧。我可以一言不发地看书写字很长一段时间，给我喝不完的咖啡和看不完的书我就可以维持一个天荒地老的姿势。

我想或许我是一个聒噪的人吧。我在朋友圈子里叽里咕噜不停说话，小A 就曾经说过：你要找郭敬明很好找呀，去高二（3）班教室，看见围着一大群人，中间那个手舞足蹈唾沫横飞的家伙就是了。

我想我是一个可以安于平凡的人。我曾经想过如果以后可以在城市的喧嚣蔓延不到的地方有一座属于自己的农场，有自己的牛群和羊群，有自己种下的干净的蔬菜，那么这也是一种幸福的生活。

我想也许我是一个虚荣且向往繁华的人。不然我不会喜欢上海这种流光溢彩万丈红尘的地方。我向往宝马香车挥金如土的生活。

第二天我拿着这个问题问小蓓的时候，小蓓想了很久。最终她和我一起分析出了我甚至我们是什么样的人，其间甚至用到了生辰八字和指纹掌纹之类的东西。小蓓最终引用了一个网络作家的理论：我们是平凡的人，我们也是特别的人，所以我们是特别平凡的人。

9

人间四月天，人间五月天，日子一天天过，我和小蓓继续翻来覆去地死。

春末夏初，凤凰花和鸢尾放肆地盛开。学校随处可见“摘花一朵罚款一百”的牌子。小蓓看了之后说这年头物价怎么这么高。

学校的新食堂后面又在开始修学生公寓了。这个学校总是保持着让我吃惊的扩张速度。我总是担心这样发展下去会不会弄到从食堂到教室需要乘公车的地步。

小蓓依然重复着不断把数学试卷揉皱又抚平的工作；我依然写着恶心别人也恶心自己的作文；我依然每天 K 掉五十道理科题目；小蓓依然每天背完五百字的历史问答题。

我和小蓓依然每天消耗 1000 毫升的晶晶亮透心凉的雪碧否则就熬不过极具穿透力的阳光。我有些怀疑自己这样一直下去到最后会不会像王小波说的那样死时“肿得像只透明水母”。

没有什么不一样，春末夏初似乎可以千秋万代地持续下去。

我看着头顶的阳光一天比一天明亮，一天比一天不可正视，香樟树投下的影子一天比一天浓密，我开始感到自己在这个春末夏初实在是碌碌无为。

我对我消散的生命激情深深叹息，我为我流逝的光阴捶胸顿足。可是这又有什么用呢？我顶多像个迟暮的女人一样站在青春的河边大声吼叫：我的青春！我的青春！

一个十七岁的孩子该有七十岁的悲哀吗？

那些荏苒的光阴啊，那些一去不回的流水啊，我看到森林里吹过来黑色的风，我和小蓓在风里不知不觉地就站了整整一年。怎么就一年了呢？怎么悠长的时光就变成了短短的一瞬了呢？水晶球不管是在皇后手里还是在巫婆手里，我都想问个明白。

逝者如斯夫！逝者如斯夫！几千年前有人站在河边大声地说。

10

有一天我和小蓓同时发现了我们每天消耗的雪碧已经达到了 1500 毫升。

发现这一点的时候我和小蓓都惊诧不已。我想我们又朝“透明的水母”迈出了一大步。

小蓓说：春末夏初结束了，夏天终于还是来了。

我点头，我说：夏天终于来了，我要和我的碌碌无为作个了断。

我想我真的应该作个了断。

冬日的幻觉

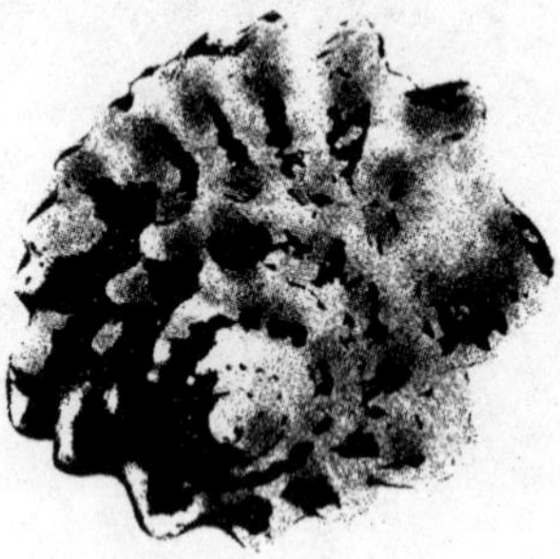

(图案可扫描)

1

这个冬天像一个美丽的幻觉。

2

买了一本关于前世今生的书。

我记得自己买回来没有看完就被小 A 拿去了。我没看到最后一页写的是什么。我是个异常在乎结局的人，看电视剧如果没看到大结局我是说什么也不会甘心的。但这本书我就是没看到结尾。怪了。

我常想自己的前世会是什么。毫无疑问这辈子我是个人，答案铁定。铁定的东西对我没有太大的吸引力。可是关于前世却没人能给我一份标准的答案。我总是喜欢想一些永远没有办法弄明白的事。我是个奇怪的人。

我知道席慕容曾经写过一些很漂亮的句子，什么前世我是在沙边写诗的女子，前世我是你皓腕下错过的那朵莲，前世我是你路边的一棵树，前世我是在佛前为你祈祷的那盏灯。但她是她我是我，我清楚地知道自己不可能是那么精致的东西。没准前世我是撒哈拉的一粒小沙子或者火焰山上的一块冥顽不化的石头。

前世告诉我：其实你前世是一枚钟面上的指针，孤独地原地转圈，一边转一边看着时光一去不返，而你无能为力。

3

前世是我比较固定的一个网友。他很聪明。我和他最初认识是他想把我的几篇文章弄到他的网站去，他很负责地发了 E-mail 告诉我。

前世最初是个诗人，所以他在聊天的时候会时不时地丢一些支离破碎的意象过来。比如“为贞操歌唱的酥油灯”“十指洞穿瞳孔”之类的。乍看上去挺唬人的。

前世是十分任性的人，偶尔孩子气，而我也同样顽皮。我们之间的保留节目是看谁在半小时内令 QQ 上最多的 MM 对自己说“我爱你”。

我很看不起那些在网上做出一副纯真样子的女孩子。当一个有着琼瑶式网名的人和你聊不到三句就问你帅不帅可不可以发张照片过来的时候，你除了想喷水喷饭之外还想做什么，而我总是很绅士地告诉她：你穿着白色连衣裙站在北极的雪上一定很漂亮。——一种极度婉转的“你去死吧”的版本。但有很多笨到一定程度的人居然会说：真的吗？你怎么知道我穿裙子好看？说完还打几个笑脸过来。水饭都喷完之后我想把电脑砸掉。

4

我是个孤独的人，孤独的人是可耻的，所以我是个又孤独又可耻的人。暗夜零度胎生。舒婷的诗。

当黑夜以顽固的姿态一再膨胀的时候，无边无际的漆黑要么令我僵硬，要么令我热血沸腾，而这种状态很是歇斯底里，我是知道的。

前世说：漂泊的浮萍没有根，断线的风筝没牵挂，无家的流水没有脚，孤独的你没灵魂。他总是这么一针见血地刺伤我，很多时候我不得不关上电脑，然后喝上一大杯热水对自己说：不用怕不用怕，今晚好好睡，今晚好好睡。但事与愿违。我感到一点悲哀，但无关痛痒，犹如彗尾温柔地扫过地球。

黑夜中坚持苏醒的人代表着人类最后的坚守，而这种人却往往容易最先死掉。伟人的话。

5

我问上帝：怎样才可以对悲伤的事情一边笑一边忘记？

上帝回答：把自己弄得疯掉。

6

西北偏北羊马很黑
你饮酒落泪西北偏北把兰州喝醉
把兰州喝醉你居无定所
姓马的母亲在喊你
我的回回
我的心肺

我把小引的《西北偏北》给前世看，前世看完后打过来一行字：小引不是人。我当时想如果前世坐在我面前我一定会把手中的咖啡向他泼过去。但他接着打过来一行字：他 × 的居然写得这么好。我笑了，然后我想如果前世坐在我的面前我一定会将咖啡献给他，然后告诉他：你是我的知音。

我：你原来也是写诗的，为什么停了？

他：因为我的手指不再忠于我的思想。

我：你的手指失去了贞洁，呵呵。

他：被与我做爱的女孩的眼泪打湿，嘿嘿。

我：但那个女孩却不是安妮宝贝，呵呵，小杂种。

他：你说对了，嘿嘿，小浑蛋。

我在电脑前放声大笑，在午夜显得有点恐怖。

什么麦加
什么姐妹
什么让你难以入睡
河水的羊

灯火的嘴
夜里唱过古兰经作过忏悔
谁的孤独像一把刀杀了黄河的水
杀了黄河的水
你五体投地
这孤独是谁

7

如果上帝要一个人毁灭必先令其疯狂。

可我疯狂了这么久为何上帝还不把我毁掉？这是个问题。

8

我喜欢坐在洒满阳光的阳台上，怀里抱着本很厚的英文词典，在炫目的阳光里眯起眼睛，心平气和地看那些一条一条的很长的词条。这是我白天最安静也最正常的时候。我曾经对我的朋友说其实我骨子里是个安静的人只是偶尔莫名其妙地聒噪。但我的朋友告诉我其实你骨子里是个聒噪的人只是偶尔莫名其妙地安静。我不知道究竟谁对谁错。当我解决别人的问题时我果断而自信，然而一旦事态关己我的判断力就会变得不堪一击。

我家对面的阳台上常出现一个梳着细长辫子的女中学生，她似乎总是在大声地背诵一些乏味的英文语法，而且通常还是错的。不过她读外语时的表情真的很虔诚，像是匍匐于朝圣山路上的藏民。说实话她长得有点像我的初中同桌小溪。她的名字好像叫叶小溪，我不大记得了。但我很清楚地记得小溪也是扎着两条细细的辫子，读英文的时候因为过于咬牙切齿而咬到舌头。不过记忆是一堆散在地上的碎片，拼凑起来要花我很多时间，况且现在我手边也没有一块橡皮之类的东西来供我想起同桌的她。

所以我只会觉得对面的女中学生像小溪，而不会想到打个电话问她声好。况且电话号码已经遗失，遗失在某年某月某日的某个黄昏。

9

某年某月某日，熊姥姥的糖炒栗子。

我对街边那个卖糖炒栗子的老妇人开始感兴趣，我想她的糖炒栗子也许和古龙小说里那个用毒祖宗熊姥姥的一样，吃过之后就如同驾鹤西去一般。于是我买了一包，想看看我会在吃到第几颗时死掉。

结果我吃完整整一包之后我仍然在街上幸福地游荡，像条产前兴奋的鱼一样摇头摆尾。昨夜西风凋碧树。路旁高大的法国梧桐开始疯狂地掉叶子，由于没有风，所以叶子一片一片直挺挺地砸下来，甚是恐怖。阳光从枝丫间破破碎碎地掉到地上，摊成一层散发着模糊光亮的淡金色油彩，像是一层很厚的骨灰。

我为自己的比喻暗暗吃惊，我想是看前世和小引的诗看多了，有点中毒。在吃完栗子一个小时之后，我确定自己没有任何不良反应和中毒的迹象。我吃了熊姥姥的糖炒栗子，这是大难。

而我居然没有死掉，所以我必有后福。

聪明的人善于在适当的地点适当的时候安慰自己。我不算很笨。

10

我开始爱上一个人，可我却不知道那个人是否爱我。

世人说这叫单相思。

前世说这叫寻找肋骨行动失败。

11

这个冬天异常地可恶，不仅冷，而且潮湿。大把大把的水分子悬在空气里，捕捉着每一个渗透皮肤的机会。我清晰地感受到自己骨缝间停留的东西，那是毒蛇皮肤表面般的阴冷与黏腻。

我开始长时间蜷缩在沙发上，同时把暖气开得异常地足。父亲说这个月的电费是个问题。于是我用自己刚刚拿到的三张汇款单把电费交了——那是我仅存的小金库了——然后光明正大地把温度继续升高。

我想其实人也是需要冬眠的。我把这个想法告诉前世，他说：你很会给自己的懒散找借口。于是我准备下线。他问为什么，我说我要冬眠。

昨天吃饭的时候母亲又谈到我将来的生活。她永远也搞不懂生活在这个懒散的城市其实是一种慢性自杀。她总是对我说，你看生活在这儿是很舒服的，除了记者忙点其他的人活得都挺滋润，连上班的时候也可以翻翻报纸上上网，品品好茶吹吹牛。

可是我总是有种向外突围的趋势，远方的生活像是一幅诱人的大拼图，等待着我去创造一个完美。我的一意孤行和垂死坚持总是让母亲的目光一次又一次直到 N 次地暗淡。我想我是个不怎么孝顺的孩子。我发过誓的，下辈子我会陪在我妈身边，不走，一步也不走。

12

在我们文理分科大半年之后，在我们彻底忘掉历史政治之后，在我们连鸦片战争的年代与什么是商品的价值都无法想起之后，学校告诉我们说我们要考文理大综合了。然后理科生开始开心地笑，因为他们认为熬几个夜就万事OK了。文科生开始摔本子摔笔，开始人仰马翻。小 A 是文科的，他问我“化学应该怎么补上去”的时候的样子真正是让我心疼了。

一个星期前我还在考虑是否将理科半途而废，然后快乐地一头扎进文科。现在好了，我不必再为无法选择而痛苦，因为已经没有选择。没有选择其实是一种莫大的幸福。我记得谁这么说过。

13

这个冬天像是个美丽的幻觉，我觉得自己始终处于悬浮的状态，这种状态让我恐慌，又让我着迷。厚厚的日历越撕越薄，电脑里储存的文字却越来越多。

我的电脑里有我最最亲爱的文字，文档像个华丽的垃圾场，装满了各种外表光彩夺目的垃圾。在我一一清理的时候，我觉得自己是个幸福的小乞丐。

这个冬天，这个如电影音乐一样模糊的冬天，这个如凡·高的色彩一样喧嚣的冬天。这个一去不再回头的美丽幻觉。

在日渐明媚的春光中，一去不再回头了。

计月器

六月木鼓 鼓点敲在心脏上，一声一声渐次衰弱

我喜欢的网络作家说："这是个告别的年代。"

我想我要和我的青春，和我整整十七年悠长悠长的青春好好地作一次告别。

"现在的小说真是看得让人绝望。"我坐在沙发上抱着电话对小 A 说。

"可是我觉得有时候看你的散文更绝望。"小 A 的声音很稳定。

我一下子就来了气，我说我不绝望，我一样可以写很多搞笑的文章。

小 A 说："是是是，你可以，可是你觉得这样睁着眼睛说瞎话有意思吗？"

"我觉得有意思，我觉得有意思极了，而且我还是闭着眼睛说的。"

小 A 说："你觉得有意思就成，反正谁也管不了你。"

放下电话的时候我听到小 A 沉重的叹息声。我觉得小 A 的叹息像一记沉闷的重锤砸在我的身上，可我却不知道砸在了哪儿。我觉得身上哪儿都疼，却又好像哪儿都不疼。

七月霓裳 长着天使翅膀的魔鬼跪在黑暗里哭泣

七月是条分水岭，我随大军浩浩荡荡奔赴理科，义无反顾且满怀悲壮。

2001 年的七月我回过头抛出目光和记忆编成的长长的线，于是我看到了十二个月前的那个自己是怎样地左右彷徨。当初那个坚强的小孩，扬起鞭子掉转马头，杀向180度的那个方向。我要立志成为一个理工科的人才，以此对抗文字给我带来的动荡流离的生活。我想我总有一天会心平气和地面对不同的金属丢到盐酸里冒出相同的气泡，面对两个表面光滑摩擦不计的小球彼此相撞，面对DNA极其复杂的排列，面对各种双曲线和各种参数方程。

我曾经设想过将来我要过一种与文字相依为命的生活，当个编辑，运气好一点的话可以当个作家。我的房间简单而整齐，一台电脑，干净的木质地板，累了坐在地板上喝水，不累了继续打字。周而复始。生活简单而明快。

可是现在我要告别我那些忧伤的文字，顺便告别我忧伤的青春。既然贫嘴张大民可以有幸福生活，那么我，一个理工科的优秀人才也可以有。

我抛开键盘改邪归正重返独木桥，重蹈千万人留下的覆辙。决绝而悲壮。

八月霜降 魔鬼终于笑了，他说“我终于长出了天使的翅膀”

我终于还是习惯了理科快节奏的生活，其实一件事情可以激动地看，也可以平静地看，随便的事儿，就如我曾经预想我会在理科王国的疆域上如何惨烈地死去，结果我活得精力充沛，像头驴一样欢快地蹦跶着我年轻的生命。

每个长辈都说我走上正途了，郭家的家谱上本来就没有文人。我笑着说对，一边笑一边想怎么弄点过氧化钠来补充身边渐渐稀薄的氧气。

我开始形成一句自我感觉很有幽默感的口头禅：你是一个优秀的理工科人才。

我开始计算自己究竟看完了多少参考书和习题集，我把它们过过秤，然后在同学中公布一个惊人的数字，然后等待别人或者自己去不断刷新。我的理想是将数字后的单位变成吨。

只有当夜深人静的时候，当看到键盘上落满柔软的灰尘的时候，当风刮过树梢响起空旷辽远的声音的时候，那些纤细的长长的比喻句和哀伤的蓝色段落才会重新以血液的形式流回我的身体，犹如电池颠倒两极重新充电。我会有三到五秒的感伤，然后拍拍胸口告诉自己：你是个优秀的理工科人才。然后看着自己亲手扼杀的灵感再次离我远去。

突然觉得武则天杀死自己的女儿不再是不可思议的事情，我觉得我比她还要出色或者还要绝情。

九月潮水 黑色的潮水匆匆离去又急急卷回，我该上升还是下沉

空气温度下降，太阳光芒减弱，校门口的香樟史无前例地猛掉叶子。我站在大树之下想起谁说过的“思念不重，像一整个秋天的落叶”。阳光从枝叶间照下来，穿过我明亮的眼睛，穿过我的头发，穿过我十七年来亲手精心雕刻的青春。然而一切都是镂空，仿佛极度精美的镂金艺术，可是本质却是——空洞。

当有一天所有的日子都如九月的黑色潮水一样哗哗地朝身后退去，当日暮后喷薄的末世繁华开始落幕，一瞬间我就看到了我鬓间白雪的痕迹，看到了我脸上朔风的踪影，看到了我忧伤的青春在我面前浩浩荡荡地打马而过。

我看见我的青春从容而冷酷地离开我，我观望它的离开，冷静而近乎残酷。

十月弥漫 白昼上升黑夜下降，白鹤上升黑鹭下降，我悬浮于半空，茫然四顾

那天乘车过隧道，车子在悠长的黑暗中穿行了五分钟。窗外的灯一盏接一盏飞快地向后退，我的脸被照得忽明忽暗。一瞬间想起我的青春，想起我爱得如痴如醉却又恨得咬牙切齿的青春。我的青春被切成了无数片段，现在正按着顺序忽明忽暗地从我面前闪过，然后飞快地后退，退到我身后无法预见的黑暗里去。而我像骑着快马的三月牧童，在我的青春里打马而过时感叹时光如流水逝者如斯夫不舍昼夜。

那天车子开上高架，我又想起我的青春。无数的声音从四面八方涌过来，有音像店里的电子舞曲，有附近公园里的鸟叫和孩子清亮的笑声，有菜市场大妈们惊天动地的讨价还价的声音，有街道边快速行走的白领打手机的声音，整个城市或者说整个中国的人都在忙着，只有我一个人无所事事地坐着大巴穿越大半个城市，同时将自己的青春一掷千金般地挥霍。《肖申克的救赎》中说，人活一辈子，不是忙着生，就是忙着死。而我呢？我在忙着什么？我想我在忙着思考我应该忙着生还是忙着死。或者我应该不生也不死地就那么悬着，反正天地正中间四千五百米的高空谁也管不着谁。

十一月荡空山 我应该以怎样虔诚的目光来迎接黎明，抑或用怎样冷酷的姿势来扼杀朝阳

最近在看阿城写的《威尼斯日记》，阿城将他的生活写得如流水般平静，让处于兵荒马乱的生活中的我看得咬牙切齿。阿城评价罗西尼的歌剧，说他的东西像小孩子的生命，奢侈而明亮，又有世俗的吵闹快乐，好像过节，华丽，其实朴素饱满。我觉得像在说我的青春，我的青春又奢侈又明亮，又华丽又朴素，最后还是要落在“饱满”两个字上。我的青春是饱满的，我觉得有时候都太饱满了。可是饱满的就是好的吗？我说有个金库装得满满的，可装的一定就是满满的财宝吗？万一是一屋子毒蛇呢？说完这句话我发现我把自己的青春比喻成毒蛇猛兽般的东西了。于是我后悔。我觉得我无时无刻不在后悔。我想如果让我走过横跨威尼斯水域的叹息桥，让我在短短十来米的路程中回顾我的一生，我会发现后悔几乎缠绕了我大半部分生命。我的四川同胞项斯微曾经说过：“我总是在自己十八岁的时候缅怀自己的十七岁，等到十九岁的时候又后悔虚度了十八岁。”作为同乡我们有相同的感悟。或许文章开头的那句话应该改成“这是个后悔的年代”。可是我爱听的一首歌却是《青春无悔》，可笑吧，我觉得自己真是个可笑的人。

十二月双刃剑 我手中的修罗刀饱蘸鲜血，敌人的，还有我的

我的心情随着气温的下降而迅速地变质腐烂最终不可收拾。

石康说：“脚踏实地地陷入虚无。”

这个冬天我的绝望一拨赛过一拨，我听得见忧伤在我心里疯长的声音，就像雨水丰沛的季节中麦子欢快拔节的声音一样，我听得见骨头炸开一道又一道裂缝的声音，我听得见自己的大脑被某种东西侵蚀的声音，可我不反抗也不挣扎，我想只要你不把那些方程式和公式挤掉，那么这团白花花像豆腐一样的大脑随你怎么弄好了，我无所谓。我目光游移地坐以待毙，神色安详地迎接死亡，脚踏实地地陷入虚无。

一月孤独 是青春的底蕴就是孤独，抑或是孤独弥漫了整个青春

《乌篷船上的凯恩》中，凯恩面对着空旷的大海说："我是多么孤独啊。"

《小王子》中戴着金色围巾的小王子在巨大的月亮下像棵树一样倒在沙漠里时，他说："我曾经那么地孤独。"

《彼得·潘》里那个永远长不大的孩子，站在永无岛上看着伙伴们飞走的时候说："我永远都是这么孤独。"

可我呢，可我呢，一个善良而笑容明亮的孩子、一个衣食无忧朋友成群的孩子怎么会孤独呢?

于是有一天一个人给我讲了个故事，或者说我自己给自己讲了个故事：有一群羊在山坡上吃草，突然一辆汽车开过来，所有的羊都抬起头来看车子，于是那只低头继续吃草的羊，就显得格外地孤单。

二月焰火 我如松鼠一样在树洞里安睡，任凭时光在洞外飞速地奔跑，像是八月的台风

我不知道我有多久没有感受过童年时过年的气氛了。童年的时候我记得春节我周围是铺天盖地的焰火，而现在，除夕的晚上我手边是一本《数学发散思维》和一本薄冰语法书。

十二点的时候我听到千家万户电视机里厚重而深远的钟声，我知道千重鹤又灿烂地开完了一季，卡尔斯维亚又把手中的沙漏重新颠倒过来，水中美丽的普耶娜女神又点亮了另外一颗星星，我向着十八岁的方向又迈进了一大步，我就这么拥抱着无数的参考书奔向我十八岁新的生活——或者新的死亡，谁知道呢？

三月忧伤 有时候人不能思考却是一种莫大的幸福

犹太人说：“人类一思考，上帝就发笑。”

阿城说：“其实上帝一思考，人类也会笑。”

这个三月我前所未有地忧伤。那种感觉像是小 A 说的被扔在 4900 米的高空举目无亲。白岩松说，有时候一个人的战争注定单枪匹马。我现在就是，我觉得这个三月我一下子多了很多要思考的东西。比如我将来的大学，比如我以后的工作，比如我未来相依为命的生活。我不知道这是不是我一边走向十八岁一边在慢慢成熟，因为以前打死我我也不会考虑这些事情的。以前我最远大的理想或者说是计划就是等稿费存够了就去换一把重量轻一点的羽毛球拍。可是现在我一想就是几十年后的事情。我像是《重庆森林》里的金城武一样，在等待一个人，或者等待一个奇迹。可是就像某某某说过的一样，一个十八岁的孩子该有八十岁的等待吗？而且是一种没有目的的盲目等待，连守株待兔都不如——起码那个千百年来被人们称为笨蛋的人知道自己要等的是一只兔子。

等待仿佛是一个黑洞，肆意张扬地吞噬我的时间。大半年的时光就在等待中迈着优美的舞步离我而去。我看到森林里吹过来黑色的风，我站在黑色的风里一脸阑珊地长大了。可是怎么就一年了呢？怎么我就长大了呢？水晶球不管在皇后手里还是巫婆手里我都想问个明白。

四月梦魇 沙逊大厦在黑色的江风中，灯火辉煌

扎克斯说：“梦是灵魂被撕开的缺口。”

最近我总是梦见我重回上海。

我靠在和平饭店粗糙厚重的黄色外墙上，听到江对面浦东嘹亮而奢侈的俗世喧嚣，听到天空上云朵轻移莲步的声音，听到江面上飘过来的恍恍惚惚的汽笛。

我趴在江边栏杆上，看见水面被灯光映得斑斓夺目，而江面以下的黑色潮水，让我想到我瞳孔深处寒冷的汹涌。

两个漂亮的女生从我身旁经过，一个发出银铃般清越的笑声，一个调皮地吹了声口哨。然后我蹲下身来，一个人难过地哭了。

五月红莲 我在《春光乍泄》中看到布宜诺斯艾利斯瀑布，美丽忧伤如同情人的眼泪

五月的时候学校的睡莲开了，早上有时候我就一个人安静地站在水池边上看。因为书上说，如果看到一朵真正的红莲，那么你就可以达成一个心愿。我在等待一朵真正的红莲，如同金城武等待一个奇迹。

这个五月我重温了王家卫所有的片子，那个一直戴着墨镜的人拉扯着我重新回望了我整个青春。弄堂里昏黄的灯光与墙上斑驳的广告招贴，过期的凤梨罐头与黑咖啡，大漠的风沙和皇历里的宜出行忌沐浴有血光大利西方天龙冲煞忌新船下水，破碎的台灯以及美丽的布宜诺斯艾利斯瀑布。

走出电影院的时候夜风吹过来，我突然想到：如果我看到红莲，我应该许下什么愿望？

六月永生 我终于笑了，我找到了我的愿望

六月生日，大堆的朋友，蛋糕，啤酒，摇一摇，再拉开，哗啦，满屋的沫噼里啪啦地小声爆炸。

我是真正地长大了，我不再是个孩子。然而这是幸福还是悲哀？

小 A 从他的城市寄来生日礼物，打开来，一幅蓝色的布宜诺斯艾利斯瀑布。画下面写着：送给曾经是个孩子的我最好的朋友郭敬明。

我在看到“曾经是个孩子”的时候眼泪就流了下来，也许是酒喝多了，水分多了。

我看到告别仪式终于降下了华丽的帷幕，一瞬间我找到了我的愿望。

我希望我能够重回我孩提时没有忧伤的幸福时光，如果一定要在这个时光上加个期限，我希望是一万年。

毕业骊歌

(图案可扫描)

还记得两年前看《将爱情进行到底》的时候，看到若彤、杨铮他们一起对着镜头喊“我们毕业了！”那时我正在喝水，看到他们阳光而清澈的笑容，觉得一击即中。纯净水顺着喉咙往下往下，一直流到那个最深最深的地方，回旋，凝固。那个时候我才高一，想象高三毕业时盛开的凤凰花，那是离我多么遥远的事情。尽管遥远，可是我还是义无反顾地奔过去，像夸父一样，朝着那个注定涂满如凡·高画作般惨烈妖冶的色泽终点，步履蹒跚地走下去，跌跌撞撞地满怀憧憬。

然后日子就那么不紧不慢地过下去。诗人说：一回首一驻足，我们都会惊叹，因为我们以为只过了一天，哪知道时光已经过了一年。

那天看到杂志上说，毕业如一窗玻璃，我擦着凛冽的碎片不避不躲一扇一扇地走过去，回头一看，只是一地的碎片，一地的流质。

考完外语的那天下午，我很平静地从考场中走出来，阳光耀眼甚至可以说是刺眼，一瞬间，我曾经预想的关于那个最终时刻来临时的激情和放肆，都离我很远，而十九年岁月累积起来的生命，在阳光下被轻易地洞穿。我想着一切都结束了，心里竟然涌起了那么些难过。周围人流汹涌，兴奋与沮丧如寒暖流交织着从校园地面流过，我看到周围年轻的面孔、斑斓的表情，想起了他们的、我的，在橙黄色台灯下度过的无数个疲惫的夜晚。头顶升起寂寞的星星，忧伤渐次灭顶。

我以为自己是永远不会忘记高三的，我以为自己是可以随时回忆起每一天甚至每一小时的，如同看自己的掌纹，丝丝入扣。可是仅仅是现在，在高考结束的第三天，我已经对那些莫名忧伤的夜晚感觉到模糊，如同大雾中的玻璃窗，外面的世间百态氤氲成模糊的水汽，只有忧伤的感觉，一再一再，一再一再地倏忽而过。

我能记起的只有我书包里被认真装订的试卷，上面有我认真的蓝色墨迹和更加认真的红色墨迹，我总是不厌其烦地翻看它们，如同几年前我翻看小说一样虔诚。我能记起的只有我书桌上厚厚的参考书，大部分没有时间做，可是仍然一本一本地买回来，微微说这是满足内心的愧疚，为自己浪费时光而赎罪。可是让我自己惊奇的是，我居然可以清晰地记得每本书的名字，乃至每本书中知识章节的排布。只是我在高考完的那天就把它们全部送人了，我没有勇气去面对它们，面对那些空白的习题，怕后悔萦绕我，不放过我。我还可以记得各科老师的电话，在高考前的十天假期中，我总是打电话给他们，在他们详细地讲解之后听他们温和地鼓励我说：不要紧张。我记得自己的模拟考试排名，记得填报志愿时的惶恐，记得放弃理想时的难过，记得速溶咖啡的味道，记得午夜星辰寂寞的清辉，记得自己在相框中放的卡片上面写着：Even now there is still hope left.

记得绝望和希望，彼此厮杀。

毕业了。连续玩了两个通宵，一大群的朋友，啤酒摇一摇，拉开，四处的泡沫，午夜冷清的街道，卡拉 OK 里嘶哑的声音听起来像是远处的呜咽。

其实我想象的毕业样子和眼前的一切不太一样。我以为每个人都有足够的激情，像是死里逃生般地欣喜若狂，我以为大家能欢呼雀跃，把房顶掀翻，我以为彼此会拥抱哭泣，依依不舍。

可是大家只是睁着一双蒙蒙的眼睛，颓然地坐在这里，看着最后几天的时间烧成灰黑色的尘埃。

似乎都没劲了。电池快要耗光的时候，就摘下来放进嘴里用牙齿咬几下。

微微说越玩越空虚，空到自己手足无措。大家在唱歌，我在喧闹的歌声中对她讲一个故事，只有开始和结局，却没有经过，因为我忘记了，讲到后来连我自己都忘记自己在讲什么了，只知道自己的故事中反复出现美索不达米亚平原，微微说她将来要把这个故事拍成电影——前提是她有了很多很多，很多很多的钱。

后来我们唱歌，唱到后来眼泪都要出来了。不知道是高兴还是伤心，或者两者都没有——这样就更让人难过了啊。

睡在露天公园的感觉让我觉得自己像是个流浪汉，想起学过的成语：幕天席地。头顶的星空看起来格外空旷和庞大，感觉如果不是路灯与霓虹奋力地将黑色天幕向上撑，那么天空真的会掉下来的。

周围的风在夏天的夜晚带着让人讨厌的黏腻水汽，又热又闷。大家玩累了都不怎么说话。我和 CKJ 头靠头睡在长椅上的时候突然想起很多事情，一幕一幕地在我的脑子里面放电影。想起《猜火车》中那些弥漫着热气和浮躁的青春日子，一段一段剪影时光，那些迷惘寂寞孤单愤怒的孩子看起来和我们一模一样。还没有成熟起来的脸，还没有暗淡的年轻眼睛，还没有落寂的笑容，浅浅的伤痕。漫长的雨季里，那群少年孤单地在站台上观望火车的身影，大雨淋湿了他们的世界，我们的世界。

似乎我们的青春就是在这样的喧哗和宁静、希望和失望、振奋和沮丧、开心和难过中渐渐发酵，变得如酒般香醇，抑或腐烂得不可收拾。在一次转头的瞬间，我看见微微和 ABO 在我们对面的长椅上似乎在说着什么，ABO 很难过的样子，而微微低着头没有说话，我想问，可是想想又算了。

我又想起了关于曾经讨论过也一直在讨论的关于离别的问题。我身边的朋友换了一拨又一拨，大家纷纷地聚拢来，然后有些人匆忙地离开，有些人一直在我身边。我像是站在斑马线上的一个迷路学童，周围的喧嚣、速度、人潮，打乱了我的思想和记忆。

曾经有句话说：一个人要学会在自己的记忆中选择，那么他才可以经常快乐。

我学会了选择，却作出了最错误的选择。我选择记住了生命中冷雨弥漫的寂寞黄昏、寒风凛冽的孤单清晨。我记住了生命中那些让我低落的难过却没有记住那些温暖的眼神与柔和的声音。我是个失败者。

但天空的星斗永远明亮，永远流转。

小 A 说他回忆起自己高三毕业第一个感觉就是亮得刺眼的阳光、浓郁的绿荫和盛开的凤凰花。小 A 没有毕业纪念册，因为他的朋友不多，我也没有，却不是因为没有朋友。我忘记了自己当初选择不写毕业纪念册的理由，也许只是单纯地觉得，如果彼此要忘记，那么那些终将发黄的精美纸页也无法挽留记忆的远去，而如果彼此记挂，那么即使没有白纸黑字，也依然万里牵挂。

在我们毕业离开之前的那些日子里，学校广播里反复地放着那些略显暗淡的校园民谣。在最后的那几天里我和微微一起在湖边倒数我们还能看几个校园的落日。那些温暖但哀伤的夕阳将我们的姿势剪成忧伤的剪影，贴在了弥漫花香的空气里面。

"你说每当你又看到夕阳红，每当你又听到晚钟，从前的点点滴滴都涌起，在我来不及难过的心里。"

很多人开始拍照，可是我没有。微微说什么时候我们去拍照片吧，我说好啊。可只是一直这样讲，谁都没有真实地行动起来。似乎怕一拍完照片，大家就各奔东西，没有了再相聚的理由。我每天穿行在高大挺拔的香樟下面，抬头的时候总会想，我就要离开，我就要离开，闯出去，就有美好的未来。外面的世界很精彩。

——而伤感就弥漫了上来。

拍毕业照那天，CKJ 站在我旁边，我站在小杰子旁边，然后一按快门，一闪光，一定格，我们的魂魄就凝固在了药水浸泡的相片纸里。

我们的十九岁。我们打球玩游戏的日子。我们骑在单车上的青春。我们被太阳烤热的血液。球场空旷一片的下午。体育课后，从冰箱里拿出来的雪碧瓶子上，渐渐凝结起了眼泪般的水珠。

仿佛一瞬间，又仿佛是永远。

猜火车

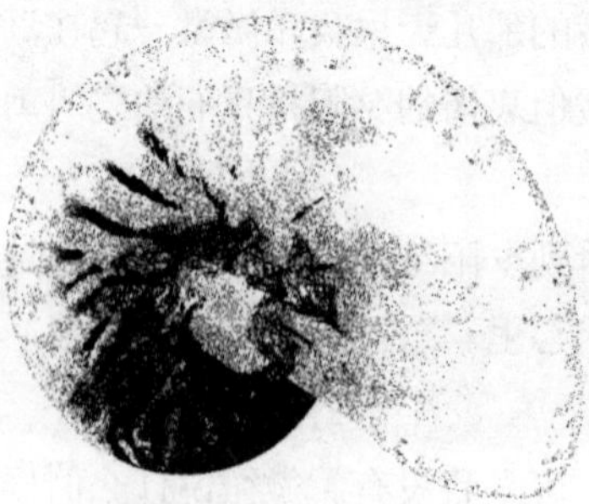

2002年8月　齐铭　寂寞的人总是会用心地记住在他生命中出现过的每一个人，所以我总是意犹未尽地想起你。在每个星光坠落的晚上，一遍一遍，数我的寂寞。

我叫齐铭，生活在浙江，每天背着单肩包在校园里面闲晃，头发长长地荡在我的眼睛前面，那些树荫和阳光进入我的眼睛的时候就变成了凌乱的碎片和剪影，一段一段如同碎裂的时光。这一年的夏天我满了十九岁，我站在凤凰花的中央，却没人对我说生日快乐。

我不喜欢说话，格鲁诺说：和自己不喜欢的人说话是在强奸自己的舌头。我喜欢的女孩子叫岚晓，有着柔顺的头发和明亮的笑容，很爱说话也很爱笑。每天晚自习结束后她总是一个人推着自行车回家，我背着吉他跟在她后面走。我们隔着一段距离，彼此不说话。就那样看着她，我就觉得很快乐了，因为可以保护她，不让她受伤害。

当看着她走进楼道之后，我就转身离开，回家，走进黑暗中的时候吹声响亮的口哨。

可是以前，在我们都还是孩子的时候，我总会用自行车载她回家，幸福的笑容，单车上的青春。

2002年炎热的夏季，我和一些和我同样落拓的男孩子一起，每天站在火车站外的铁轨边上，听着列车匆匆地开过去，如同头顶响起的沉重的雷声，一下一下砸在我的肩膀上。偶尔会有雨，灼热的雨滴落到我脸上的时候，我会怀疑是不是我哭了。

想起岚晓，我的眼泪就如大雨滂沱，我好久都没这么哭过了。

这个夏天似乎被定格，无限拉长，如同那条静默的黑色铁轨，看不到来路，看不到尽头。

在每天太阳隐没到山岚背后，阴影覆盖到我的头发上的时候，我会躺在铁轨旁的水泥地上，望着天空，想岚晓。我很想她，想她白色的裙子在夏天反射的阳光，想念她做试卷时认真的样子。我想打电话给她，可是我的手机早就没电了。我忘记自己究竟有多少天没回家了。因为回家也一样寂寞，空荡荡的房间冷气十足，没食物没生气。

每当火车从我旁边飞速而过的时候，我总是会产生幻觉，我总是看见自己跳进轨道，然后头颅高高地飞向天空，我的身体在铁轨上如莲花散开，空气中传来岚晓头发的香味。

不知道什么地方，响起了晚钟。

C 朝着太阳坠落的方向唱歌，留给我们一个边缘很模糊的剪影。他唱每当你又看到夕阳红，每当你又听到晚钟，从前的点点滴滴都涌起，在我来不及难过的心里。

我突然想起了小王子，那个每天看四十三遍落日的孤单的孩子，那个守着自己唯一一朵玫瑰的孩子。

当整个花园开满了玫瑰他却找不到他那朵花的时候，他蹲下来难过地哭了。

1999 年 8 月 岚晓 你讲一个笑话，我要笑上好几天，但看见你哭了一次，我就一直难过了好几年。

夏天是我最喜欢的季节，因为天空格外辽阔清远，这在南方很少见。我喜欢以四十五度角仰望天空，有时候会听到飞鸟破空的鸣叫。

从学校报名出来，我站在校门口等车，一边望着天空一边想自己现在是高中生了，不用再穿那些乖乖的校服如同幼稚园的孩子了。

喂，那位同学，你是新生吧，把你手机借我用一下好吗？

我抬头看见一个骑在自行车上的男孩子，头发长长地飞扬在风里面，笑容清澈如水，他好像很快乐的样子，因为他笑得白色牙齿全部露出来了。我看见了他有两颗尖的虎牙。

我把手机递过去，三秒钟后我开始后悔，因为他很快乐地用普通话对别人问候：哎呀，小子你居然在北京啊！然后我面部表情格外痛苦地看着他打手机打得兴高采烈生机勃勃，到后来他干脆从自行车上下来，然后来回踱步频繁换姿势。

十几分钟后他把手机递给我，睁着大眼睛很天真无邪地问我：怎么没电了？

我在心里对自己说了三遍“我是淑女”之后微笑着说：那么同学，要不要我回家给你充电？

他歪着脑袋似乎很认真地想了一下，然后说：不用了，反正也差不多打完了。

我向上帝发誓我真的想踢死他。

当我转身走了两三步之后，他在后面叫我：那个手机妹妹，你要不要请我吃饭？

我转身说：你想请我吃饭？

他摇摇头说：不是不是，是你请我吃饭，因为我今天身上一分钱也没有。然后他很大方地把他的所有口袋翻出来给我看。

我对天发誓恳请上帝让他在被我踢死后活过来，我要再次踢死他。

第二天点名的时候，我听到老师叫齐铭，然后我后面一个熟悉的声音说：到！我回过头就看到了那个家伙的虎牙。

他好像很高兴似的问我：手机妹妹，你怎么坐在我前面啊？

因为我今年命犯太岁。我心里第三次向上帝发誓。

然后齐铭就成了我的同学，我每天都可以看见他穿着款式不同但价格昂贵的衣服在我面前晃，他那个人，爱干净爱讲究得要死。我说你都干净得可以吃了。他总是嘿嘿地笑。

那个夏天在我的记忆中轻快得如同没有忧伤的青春电影，一幕一幕流光溢彩，无论我什么时候回过头去，看到的都是快乐，没有难过。

也许是因为那个夏天过得太快了吧。很多年后我对自己这样说。

2002年8月 齐铭 每到这个季节，我就喜欢在街上闲晃，看风穿越整个城市，穿越每棵繁茂的树，穿越我最后的青春，我的十九岁。

穿行在这个城市的夹缝中的时候，我总是喜欢抬头看那些楼房间露出来的蓝色的天空，我可以听见风从缝隙中穿过的声音。

岚晓在家等待成绩，我知道她高考非常不错，可是我考得很差劲。从电话中听到成绩的时候我觉得突然有什么东西压到我的胸口，然后迅速撤离，而深藏在我胸腔中的某种东西也随之被带走了。我难过到连哭都哭不出来。我一次一次拨电话到信息台，然后反复听了三遍那个让我以为自己听错了的数字。挂掉电话我蹲在马路边上，有很多的车和很多的人从我身边走过，我听到不断有玻璃碎裂的声音。

我打电话给岚晓，我握着电话发不出声音。可是她知道是我。她说，你别难过，我已经帮你查了分数了，知道你考得不好。然后我的眼泪轻易地就流了出来。那些眼泪大颗大颗地掉在滚烫的地面上，迅速就蒸发掉了，连一点痕迹都没有。我突然开始明白，在这个炎热的夏天，很多东西都会被蒸发掉的，再也不会留下痕迹。

我开始和一些落拓的男孩子混迹于这个城市的黑暗的底层，挥霍着自己的青春和生命。在酒吧如同地震的摇滚乐声中，我再也想不起以前弹着吉他唱给岚晓听的歌了。

记忆像是倒在掌心的水，无论你摊开还是握紧，总会从指缝中，一点一滴，流淌干净。

我不知道我的将来扎根在什么地方，或者，我根本就没有将来。我和那几个朋友计划着去西安念一所民办大学，很可笑的是我们居然连报名费都不够。

如果我问我妈妈要的话，毫无疑问，我拿到的钱足以让我把那个大学的文凭“买”下来，可是我不想再见我妈妈，从她离开我爸开始。同样我也不想再见我爸爸，从他离开我妈开始。

于是我们几个人就在这个城市的喧嚣中孤独地站立着，没有目的，没有方向。就像那些很矫情的人说的那样，我们是寄居在暗地中的病孩子，面孔幽蓝，眼神嶙峋。

可是我们不愤世嫉俗，不张扬顽劣，我们只是沉默，大段大段时间地沉默，躺在车站外的平台上，听列车开过，看头顶昏黄炎热的天空，看飞鸟疾疾飞驰而去，有些飞鸟会突然中枪，然后笔直坠落。

我的记忆开始模糊，因为我无法再想起自己穿着干净的白衬衣和岚晓站在树荫下面的情形，想不起自己曾经清澈干净的笑声，想不起岚晓第一次在我生日那天送我一本广告画册时我脸红的样子，想不起我们逃课出去，看一场电影，或者找个浸满阳光的草坪睡觉。

想不起我的十七岁，想不起凤凰花第一次盛开的那个夏天。

2000 年 9 月 岚晓 我每天都在数着你的笑，可是你连笑的时候，都好寂寞。他们说你的笑容，又漂亮又落拓。

我和齐铭熟识得很快，并且当我坐在他的自行车后面尖叫的时候，没有老师告诉我们关于夏天未成熟的果实的传说。原因是在这个学校里，如果你成绩够好，那么那些学生守则对你来说约等于零。

我是学校的第一名，齐铭是第七名。齐铭说我像个在学校横行霸道的土财主。

我开始养成逃课的习惯也是齐铭调教得好，而且在我发现即使逃课我还是第一名之后，我就开始逃得心安理得乐此不疲，毫无思想负担。

齐铭在第一次带我逃课的时候对我语重心长如同培养一个间谍：

第一，你见着老师不要慌。

我慌个屁。

第二，你翻铁门的时候不要乱叫。

我叫个屁。

第三，你真可爱。

我可爱个屁，哦不，我真可爱。

后来我在齐铭的帮助下顺利地翻过了学校的铁门，不过之后我决定以后少穿裙子。因为在我的裙子被铁门勾住的时候，我看见齐铭笑得几乎要撒手人寰像是病危，两颗虎牙在阳光下格外醒目。

有时候我们逃课也不干什么，就随便找片草地，然后睡觉。于是躺在草地上看天空成为我高一的时候最清晰的记忆。有一次我看见有人放风筝，于是就很兴奋，我对齐铭说：哎呀，你看你看，有人放风筝，我们也去吧!

齐铭睁着他那双好像没睡醒的眼睛说：小姑娘，你几岁？你以为你在拍爱情片啊?

你这个人，没劲。我继续看我的风筝。

齐铭这个人你告诉他海水好蓝，他会告诉你那是因为光线中的蓝色没有被海水吸收。而且和他说话他的节奏总是比你慢一拍，以至于你会觉得他分明是在睁着眼睛睡觉，他的眼睛恍惚地望着我的时候我总是感叹：长得那么好看，可惜了智商那么低。

可是还是有很多无知的小女生喜欢这个低智商的人，不可否认齐铭长得很好看。因为我在所有的场合都表示我不喜欢齐铭，所以那些女生就放心大胆地把她们酝酿很久的情书交给我让我转交齐铭。我从来没看见过一个女人如此相信另外一个女人。

可是他都几乎没有看过。我问他：喂，你干吗不看人家写给你的信啊?

因为她们叠得都好复杂，我打不开。齐铭低头啃排骨，头都不抬地回答我：今天的排骨很好吃，你不吃可惜了。

后来再有女生交给我的时候我都很想告诉她们不要叠什么相思结呀千纸鹤呀，因为那个笨蛋打不开。

齐铭家很有钱，父母都在经营公司。他整个夏天几乎没有穿过重复的衣服，只喝百事可乐。他说他喝纯净水会呕吐。我总是花很多时间来教育他要如何成为一个朴素的人，他总是很认真地点头，然后说：喂，你说完没？我看见一件衣服，才 600 多块，下午你陪我去买。

齐铭的理想是成为一个优秀的广告设计师，而我的理想是读完国际会计专业。他总是说我整天钻在钱里面真是个庸俗的女人；而我总是说他整天不切实际真是个好高骛远的男人。可是我还是在他生日的时候送了他一本广告画册。他接过画册的时候整个脸红得像个番茄。

我说：你脸红。

他把手插在口袋里，说：我脸红是有计划有预谋的，为了满足你的虚荣心，有什么好奇怪。然后转身玉树临风似地走了。走了三步之后转过身来，脸更红得像个番茄，他说：那个，谢了。

然后他突然很惊讶地说：哎呀，你脸红！

2002 年 8 月　齐铭　对于列车中的那些人来说，我们这些躺在铁轨边的站台上的孩子只是一窗一窗呼啸而过的风景中很普通的一幅画面，可是他们却不知道，那些躺着仰望天空的孩子，偷偷地哭过多少回。

在一场暴雨之后我回过一次家，可是家中依然没有人，冷气十足。我看到我的床上有我妈妈放下的很厚的一沓钱。我看着它们没有任何感觉。只有窗外的雨声，像是电影中的背景音乐，被无限放大。

电话记录上岚晓的号码一直重复出现。从晚上六点到凌晨三点，几乎每个小时都有电话。我突然觉得很难过。我将电话打过去，可是岚晓不在家。

挂下电话的时候我仿佛看见岚晓守着电话，抱着膝盖坐在地板上的样子。头发垂下来盖住她忧伤的脸。

我的书桌上落了一层柔软的灰尘，我用手指写了岚晓的名字。

我的书桌还保留着我高考前一天的样子，到处是参考书和演算纸，墙壁上还有岚晓送给我的一张卡片，上面写着：祝齐铭高考成功——小布什。

我从书堆中找出一册信纸，然后突然想坐下来给岚晓写信。我打开了台灯，突然像是回到了 7 月前的那些在咖啡香味中流淌的日子。

“岚晓，你还好吗，这几天我和 C 他们在一起，我们决定去西安念一所民办大学，在那个地方搞一个乐队，听我一个朋友说那个城市的音乐很不错的。所以我想去看看。而且那个城市有古老的城墙和隐忍的落日，我想一定很漂亮，有时间我拍下来给你看啊。

“那天我在街上漫无目的地游荡的时候遇见个老人，他的头发胡子全白了。我们在街心花园里坐下来聊天。我都忘记了我们说了什么，但很奇怪的是最后我自己竟然哭了。我从来没在别人面前哭过的，我是不是很没用，你肯定该笑话我了吧。忘了告诉你，那个老人长得很像我爷爷。我爷爷在新疆，我好久都没见过他了。

“暑假你应该是继续学钢琴吧，每次看见你弹琴的时候我都不敢说话，觉得你像天使，嘿嘿。你的手指好灵活，不像我，手指那么笨。”

“我突然发现火车站是个想问题的好地方，因为非常吵闹。可是当你沉溺在那些噪音中的时候你会发现它们根本不会影响你。周围是各种各样的面容，眼泪与欢笑，重逢与离别，可是都是别人的热闹，与我没有关系。

“还有就是早点睡，我这几天很少回家，不用每天都打电话给我，我没事的。你不要那么担心，早点睡，不要熬夜等我电话，眼睛像个熊猫就不好看了。”

我将信装进信封，然后工整地写上了岚晓的地址。到了邮局我将信投进邮筒的时候，信掉下去发出一声沉闷的声响，我的心突然抽紧了一下。

然后我从邮局出来，不知道自己该到什么地方去吃饭。我突然想起了在这个城市西南角的一家卖牛肉面的路边摊。于是我开始散步过去。烈日继续烤着这个城市，而我在蒸腾着热气的地面上走得似乎有点悲壮。

当我开始吃那碗面的时候，我发现我旁边的一个女生边吃边哭，眼泪一滴一滴地掉进碗里。我看到她的左手抓着一张成绩单，因为太用力，都可以看见她手上白色的骨头。

我没有说话，可是心里好压抑。

回家的路上已经灯火通明了，各色的霓虹在我的眼睛里弥散开来像是倾倒在水中的颜料，一层一层斑斓而混乱。路上有些孩子开始庆祝他们的高考成功，他们穿上了平时不敢穿的衣服，染了头发，青春的张扬弥漫了整个大街。没有人责备他们的张狂，所有的过路人及司机都对他们微笑。时光那么幸福，可又那么残忍，难道没有人看到路边还有孩子一边微笑一边流下眼泪吗？

我抬起头想忍住泪水，发现天空黑得史无前例，没月华没星光。像是某种绝望，无边无际地繁衍生息，最后笼罩一切。

2000 年 12 月　岚晓　如果等待可以换来奇迹，那么我愿意一直等下去，无论是一年，抑或是一生。

浙江的冬天很少下雪，而在我居住的城市，几乎没有雪，所以这个圣诞节对我来说缺少了必要的气氛，所以我理所当然地拉着齐铭逃掉了班上几个干部精心策划的所谓的经典舞会。 大街上人很多，到处是穿着情侣装的年轻男孩子和女孩子。2001 年的冬天，我已经高二了，而我也莫名其妙地成为了齐铭的女朋友。

我记得那天早上风很大，齐铭坐在自行车上在我家楼下等我。我出现的时候齐铭劈头盖脸就是一句：我喜欢你，你可不可以做我女朋友？他低着头不看我，脸红的样子很好笑。

整整三分钟我都没有说话。我看见了齐铭的表情从脸红到惊讶到着急到惶恐，像是在看电影表演系的学生面试。我之所以不说话是因为我吓傻了，可是我的表情却错误地传达给齐铭“我要哭了”的错觉。

他很紧张地说，你别哭啊，买卖不成仁义在，你别吓我。

然后我开始大笑，笑得几乎将双手变前足。齐铭一脸懊恼的样子说：你在那儿鬼笑什么啊，我是认真的！

然后我突然不笑了，直起身说：齐铭，我也喜欢你。

从那之后我经常翻看我这一天的日记，我看见自己在淡蓝色的纸页上写着：

那天我第一次看见齐铭如同阳光般清澈的笑容，眼睛眯起来，牙齿好白，笑容如同冬天里最和煦的风。我坐在齐铭自行车的后座上都可以感受到他的快乐，他开心的口哨声弥漫在冬天的雾气中，我靠在他宽阔的背上穿越这个城市，一点都不觉得冷，我脖子上围着齐铭的围巾，闻到了他的味道。我问他，你是不是用了香水啊？他说：我才没那么娘娘腔呢！过了一会儿，他回过头来认真地问我：沐浴露算不算啊？然后我笑得几乎车毁人亡。

齐铭给我的感觉总是像个孩子，可是这个孩子却总是无限度地迁就我。

有段时间我赶一份英文稿子，每天写到凌晨两点。然后我打电话给齐铭，对他说我写完了，他总是用无可奈何的声音对我说：小姐你打电话就是为了告诉我你写完了啊？现在凌晨两点啊，你要不要我活啊？可是我总是不讲理地挂掉电话，然后抱着枕头开心地睡。

当我完成稿子的那天，我很早就睡了，结果半夜我被电话吵醒，我听到齐铭的声音，他很可怜地说：岚晓，你怎么还不打电话啊，我好想睡。我看看表，已经四点了，于是我很开心地笑了，然后沉沉地睡去。梦中有齐铭孩子气的面孔，拿着吉他，笑着，又年轻又好看。

学校后面有块荒废的操场，长满了野草，风吹过的时候有泥土和青草的香味。草地边缘是面白色的残缺的墙，年久失修，剥落的白色涂料下面可以看见水泥沧桑的裂痕。这面墙是我和齐铭的记事本，我们约好把自己觉得值得记下来的事情都写在上面。齐铭写左边，我写右边。每次我拿着 2B 的铅笔在右边写的时候我都好想去看齐铭写的是什么，但他总是笑眯眯地不要我看，他说我在写你坏话怎么可以让你看到。

其实仔细想一下我写的也全部都是齐铭欠我的东西，比如我写的“1999 年 8 月齐铭借我手机打长途没付我电话费”“1999 年 8 月吃饭让我一个陌生人付账而且还不感激”“2000 年 1 月放学踢球忘记时间让我在校园门口等了一个小时”。

日子就这样在我的 2B 铅笔下面慢慢地流淌过去，两年后，我总是想那个时候的天气，时间，场景，人物，心情。想着想着就泪如雨下。我突然明白一切不可能再回去了，时光倒转只是美丽的神话，骗骗小孩子的。

可是，如果可以，请再编个故事骗骗我，好吗？

2002年8月 齐铭 青春是个谜，如同我的理想一样。理想迷失了，我不知道它在什么鬼地方没完没了地游荡，固执地不肯回来。

几天之后我从提款机里提出很厚的一沓钱。当机器哗哗地喷出粉红色钞票的时候我站在那里面无表情。我想我妈妈发现卡中少掉一笔钱后应该是在微笑吧，因为她骄傲的儿子还是不能摆脱她给予他的金钱。也许就像我妈说的那样，这个世界上根本就没有钱不能办到的事情。

我用那些钱买可乐，买酒，买烟给C他们，将那些钱挥霍在午夜躁动的酒吧中，挥霍在各种摇滚CD上，挥霍在一条看不见开始也看不见结束的路上。那条路似乎是我们的青春，又似乎不是，因为太黑暗，看不清楚。

在一家叫“地震”的迪厅中，有个女孩子打爵士鼓打得很好听，每次听到她打碟我就会觉得自己一次又一次地爆炸，不断往更高的地方升腾，最终如烟雾散去没有痕迹。有一次我去问她，我说你叫什么名字，她抬起头目光很模糊地望着我说：我叫雅典娜，我看见漂亮的男孩子就想要和他接吻。说完她将头靠过来，开始吻我。当她的舌头接触到我的牙齿的时候我突然推开了她，她望着我笑，一边笑一边说：怎么，有女朋友还是没有接过吻的小处男啊？

我踉跄地冲进洗手间开始呕吐，酒喝多了，我的胃一直灼疼。我吐了一次又一次，一边吐一边哭，因为我想岚晓了，我不知道她现在有没有睡，有没有在等我的电话。

用冷水洗脸，可是眼泪还是止不住，自来水顺着我的脸流下去，我越哭越难过。我从破旧的挎包中找出2B的铅笔和纸，我要给岚晓写信。当铅笔在白色的纸上画过的时候，我突然想起了学校的那面白色的墙，我想现在它一定很寂寞，因为很长时间都没有人去看它了。

“岚晓，我很好，你不用担心。我这几天都在唱卡拉OK，他们说我唱歌很好听。我开始发现我喜欢唱一些老歌，很老很老的歌。每次唱的时候我都好喜欢回忆。也许年轻的人是无论如何也不肯回忆的，喜欢回忆的人都已经老了，老得必须靠回忆来缅怀一些东西，来祭奠一些东西，埋葬一些东西。

“C 他们唱歌好难听，可是有好几次听他们唱歌我都哭了。眼泪掉进酒杯里我都没有告诉他们。我不知道看着昏黄的灯，模糊的画面，听着笨拙的歌声，我怎么就突然被打动了，难过突然从喉咙深处那个看不见光的地方涌上来，堵得我好难过。”

有时候我们会去看电影，这几天我看了三次《猜火车》，我觉得自己有时候好像里面的那些孩子，很无助也很仓皇。我忘记了他们的名字，但记住了他们的面容，他们没有年轻便迅速地老去了，他们站在年轻和衰老的河界上张望，长时间驻足，感伤自己竟然从来没有回肠荡气过。

破牛仔裤怎么可以和晚礼服站在一起，我的吉他怎么可以和你的钢琴合奏。

庄周梦蝶

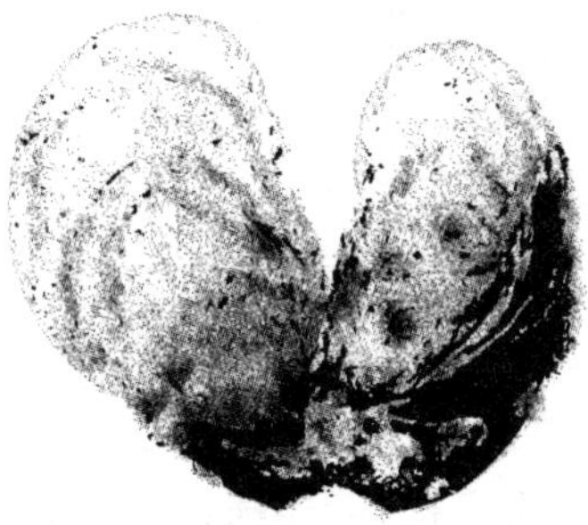

崇明将身体靠在电梯的墙上，手中提着一大袋泡面。电梯的灯不知道什么时候已经坏了，狭小的空间里黑暗似乎有了重量，在上升的加速度中，崇明摸摸自己的脸，发现胡子已经很久没刮了。

电梯门打开，崇明跨出去，看见隔壁的大妈在倒垃圾。

周先生，你女朋友又出差啦。

是啊，她公司有事。崇明微笑着说。然后崇明走进房间，在红色的大门无声地关上的瞬间，他手里的袋子滑落下来，掉在地板上发出沉闷的声音。

昂炼将身体靠在电梯的墙上，手中捧着盆仙人掌。前不久坏掉的灯现在已经修好了，在柔和的白色灯光中，昂炼抚摩着自己修长的手指，一根一根地抚摩过去，他听见自己的血液在皮肤下流动时发出的寂寞的声音。然后电梯门打开，昂炼走出去。

昂炼站在家门口松开自己的领带，然后对着大门喊：宝贝开门，我没带钥匙。

等了几分钟之后，昂炼从公文包中拿出钥匙打开了红色的大门，然后大门轰然地关闭，然后一切就静了下来。

昂炼按下电话录音的键：庄先生，您反映的电话故障已经解除，谢谢您的合作，再见。

昂炼关掉电话录音。整个房间又安静下来。

“Jessica 离开已经 9 天了，我一直相信 9 是一个轮回，可是她还是没有回来。以前 Jessica 出差的时候我就懒得自己做饭，所以我吃泡面。隔壁大妈每次见我提着一口袋泡面都会问我你女朋友还没回来啊。”

崇明站在浴室的镜子前面，他刮着自己几天来都忘了剃的胡子。浴室的灯是淡蓝色的，是 Jessica 专门桃的。崇明一直觉得这样的冰蓝色让房间显得过于阴郁，于是 Jessica 就把大门的颜色换成了红色。

“这把剃须刀是 Jessica 从上海带给我的，她总是去上海出差。这把刀不是很锋利，剔除不彻底，偶尔会留下一两根残留的胡须。可是我喜欢这个 Basic 牌子的刀片，钝重的刀片滑过脸颊时的感觉，像是飞机起飞时刻恍惚的眩晕。”

崇明看着镜子里的自己。他指着镜子里的那个人说：你看你呀，脸色苍白，好好地做做运动吧，眼睛红红的，昨天晚上是不是又没睡好啊？是不是哭过了？你一个大男人怎么可以哭呢！这样多不好。

昂炼在楼下的看楼门卫处。

老伯，有我的从南京来的信吗？或者包裹？肯定有吧。

哦，庄先生啊，没有你的信。

那从南京来的包裹有吗？您再仔细找找。

哦，没有啊，那谢谢您了，我先上去了。

昂炼站在门口，他眯着眼睛微笑：宝贝我知道你回来了，开门吧，我没带钥匙。

然后昂炼拿出钥匙，打开门走进房间。

电话录音：庄先生您的西服已经洗好了，请明天来取。

昂炼站在阳台上为那盆仙人掌浇水。

“以前 Rebecca 也很喜欢养仙人掌，她养过的仙人掌曾经开过非常美丽的花，可是后来有一次仙人掌死掉了，Rebecca 连着花盆一起丢了，从那以后就再也没养过。我不知道自己养的这棵仙人掌会不会在没开花前就死掉。”

昂炼想等到 Rebecca 回来的时候，这盆仙人掌也许已经开出美丽的花了，想到这里昂炼很开心地笑了，像个孩子一样露出好看的白牙齿，眼睛眯起来。

“最近上海的天气越来越热，整个城市的空调一起强烈地运转，我担心有一天这个城市会突然爆炸，然后所有的人都死了。但最好等到 Rebecca 回来之后再毁灭吧，那时候一切都不见了，我和 Rebecca 还是在一起。”

昂炼站在十二楼的阳台上俯视这个万丈红尘的上海，他想起曾经有个女作家说这个城市是艘华丽无比的海上航船，可是即将倾覆。

灼热的风从夜色里破空而来，吹在脸上有些疼痛的感觉，昂炼摸着自己的脸，觉得胡须很扎手，于是他走进浴室，拿起 Basic 牌子的剃须刀。然后他看到了 Rebecca 留下来的香水，于是他小心地喷了一点在手上，于是整个房间弥漫起浓烈的橘子香味，一瞬间昂炼有种恍惚的感觉，时光倒流，可物是人非。

“帮我呼 62806，姓周，留言，说我很想她，问她什么时候回南京。嗯，没事了。”

崇明打开电视，结果一片花白，坏掉的电视机发出哗哗的响声，崇明走过去在电视机上用力地拍了一下，于是开始有了图像，是一个浓妆艳抹的女人在夜总会里唱歌，演的好像是旧上海的事情。于是崇明就摁遥控器换台。

“我从 1 频道换到 75 频道用了 13 分钟的时间，从 75 频道换到 1 频道用了 12 分钟的时间，25 分钟之后我关上电视去洗澡。”

崇明用的是 Jessica 留下来的沐浴露，他不会忘记这个味道。以前 Jessica 洗完澡之后总是爱用湿漉漉的头发去扫崇明的脸，而崇明总是不理睬她，等她厌倦了转身之后突然扑上去把她抱起来，听她发出好听的尖叫声，然后等着她求饶把她放下来。Jessica 保持的记录是沐浴两小时零二十五分钟。想到这里崇明开心地笑了。

“我打开浴室门的时候看见墙壁上的电子时钟，从 23：59 突然跳为 00：00，一瞬间我有种失重的感觉，犹如从高空自由落体。”

崇明觉得有点口渴，他打开冰箱的时候才发现冰箱已经空了很多天了。以前总是 Jessica 买东西放在冰箱里，她每次离开一个星期都会为崇明准备好7天的食物，而现在她离开已经半个多月了。

崇明穿好衣服出门时碰见隔壁的大妈从电梯里出来。

大妈您这么晚才回来啊？这几天怎么没见着您？

哦，我女儿生病了，这几天我都在医院陪她，我回来拿点东西，一会儿还要去呢。这么晚了周先生你去哪儿啊？

哦，我下楼买点东西。

买吃的东西啊？你女朋友还没回来啊？

不，她前几天回来的，昨天又刚走了，她这阵子公司比较忙。我下去买包烟。

崇明走进电梯，电梯门关起来，四周一片黑暗。电梯的灯还是没人来修。

大妈一边打开门一边自言自语：奇怪了，没听说周先生要抽烟的啊。

“我很喜欢超市明亮干净的感觉，特别是午夜的超市。空调开得很足，很安静，偶尔外面大街上的车子开过时会有轻微的声响。人很少，偶尔有个人会与你擦肩而过，那一刻距离的拉近会让我产生可以和那个人成为知己的错觉。”

收银员：谢谢，40元零5角。

收银员：有零钱吗？

崇明：没有。

收银员：谢谢，找你9元零5角。

崇明将一堆硬币装进口袋。

深夜南京的街道似乎有点冷清，街边的悬铃木已经长得枝繁叶茂了，宽大的树枝和浓厚的叶片几乎遮住了街道上面的天空。偶尔露出一片夜色，可以看见略显肮脏的云朵拥挤着在这个城市的天空汹涌而过。

崇明看见前面的电话亭里一个女孩子在打电话。他觉得她的样子很眼熟，于是就停下来看她。

女孩突然转过身来对崇明说：借我一个硬币。

崇明：小姐，我是不是见过你？

女孩：快点，刚才我找给你的九个硬币。

崇明拿出硬币给她。

女孩打电话：× 的你终于回家了，怎么，这样就想把我甩了，你他 × 的是不是人啊，那个骚娘儿们有什么好？你给我记住我是怎么对你的啊！你现在给我听清楚，我们分手，是我丽姐先甩了你。以后上街不要让我看见，不然你死定了。你他 × 的也别得意，我告诉你，我现在身边就有个男朋友。

女孩转过来把电话拿给崇明：给我狠狠地骂他，快啊！

崇明拿着电话怔了一会儿，然后微笑着对她说：他挂机了。

女孩：笨蛋。

崇明：你刚才还在超市，现在怎么突然跑到街边打电话了？

女孩：废话，下班了还不走。别你你你的，我叫 Jeneya。

崇明：Jessica？

Jeneya：你这人有毛病啊，我叫 Jeneya，不叫 Jessica。对了，刚才你是不是买了酒？

崇明：是。

Jeneya：你的家是不是在这附近？

崇明：是。

Jeneya：那你是不是准备找个人陪你喝呢？

“以前我总是在晚上陪 Rebecca 在家里听爱尔兰音乐。而现在我喜欢到楼下的那个叫作 Blue 的酒吧，因为里面有 Rebecca 喜欢的爱尔兰音乐。有个长头发的女孩子总是在台上唱一些小红莓和可儿的轻松欢快的歌曲，她笑起来的样子很像 Rebecca。我没想过有一天我们会认识，可是我们还是认识了。”

昂炼走到酒吧角落里的点唱机前面，投入了一个硬币，然后选了 758 号歌曲。是 Rebecca 最喜欢的一首老歌，叫 *The Sky's Memory*，可是他想不起来这首歌是谁唱的了。硬币落进唱机叮咚作响，然后开始有吉他声传出。

“我一直都很喜欢这种老式的点唱机，我觉得它们很有意思。我记得我奶奶就有一台，后来传给我爸爸，可是到我的时候就不见了。我的记忆里，那个黄色的点唱机里一直都弥漫着周璇红透大上海时的声音，尖锐嘹亮，可是又带着破裂。”

女歌手：你怎么不听我唱歌而听机器唱？

昂炼：我怕这首歌你不会。

女歌手：你很喜欢这首歌？

昂炼：我女朋友喜欢。

女歌手：哦。你好，我叫 Redyna。

昂炼：Rebecca？

Redyna：我叫 Redyna，不是 Rebecca。

昂炼：哦。我姓庄，叫昂炼。请你喝杯酒好吗？

Redyna：为什么？

昂炼：因为你唱歌的声音很好听。

“喂，我还不知道你叫什么名字呀。”

“哦，我姓周，你叫我崇明好了。”

“你们电梯的灯什么时候坏的？”

“不知道，大概挺久了吧。”

电梯门打开，崇明和 Jeneya 走出来，刚好碰见隔壁的大妈。

“周先生，买东西回来啦。”

“是啊，大妈，去看你女儿啊？”

Jeneya 看见大妈瞧她的眼神很是困惑，于是她也猜到大概是怎么回事了。于是她故意挽起崇明的手，然后把腰肢扭得格外动人。然后她看见大妈叹了口气走进电梯去了。

“你的房间很漂亮啊，蓝色调的。”

“是 Jessica 的意思，她喜欢蓝色。”

“你一定很喜欢你的女朋友。可是我就他妈的倒霉，阿武那小子要是有你一半好我吃一年的素都行。哎，你买的酒呢，拿出来呀。”

“你要冰过后再喝吗？”

“不用，只要是酒都成。”

崇明把啤酒罐拉开，然后递给她。她接过来就喝了，仰着头一直喝，没有停下。崇明看了看窗外，夜色似乎更浓了，可是灯光却没有丝毫暗淡，整个城市在夜晚焕发出强大而惊人的生命力。只有悬铃木的叶子像被灼热的夜风吹得没了生气。

那天晚上 Jeneya 喝了很多酒，我也喝了很多。我从来没有见过一个女孩子会那么不要命地喝酒。可能是她已经不在乎了。我记得我们都说了很多话，特别是 Jeneya，她似乎告诉了我很多关于她男朋友的事情，可是我再也没有记住。天亮的时候她已经走了，如果不是满地的啤酒罐还在的话，我几乎要认为是我做了一个梦。其实我也已经分不出现实和梦境的区别了。我不知道那天晚上我是不是在做梦，但我似乎真的听到了一两声奇怪的声音，像是个忧伤的人在压抑地哭泣。但我不知道哭泣的人，究竟是 Jeneya 还是我。”

“你怎么会想到来酒吧唱歌？”

“因为我想逃避。我爸爸似乎很想让我嫁给一个比我大 15 岁的老头子，因为他的钱可以供我吃到下辈子。可是我就是不愿意。其实那个人也不错，但我就是不喜欢我爸爸替我安排的一切。我就是想看看他看见自己的女儿反叛时候的样子。说不定如果他阻止我和那个老头子，我没准就偏偏会爱上那个男人。”

“你才多大呀，比你大 15 岁的就是老头子，那我也差不多了。”

“是啊，可是你是个可爱的老头子。”说完她俯过身来在昂炼的脸上吻了一下。

“美丽的公主吻醒了沉睡的青蛙老头，于是老头醒来后就给了公主深深的一个吻。”Redyna 发出银铃般的笑声，她的头发轻轻地散下来。

昂炼于是也笑着俯身过去吻了微笑的 Redyna。

“我说过 Redyna 笑起来很像 Rebecca，我吻她的时候甚至都有一瞬间的错觉。我觉得似乎 Rebecca 回来了，酒吧周围的空气里也充满了 Rebecca 的橘子香水的味道。那天晚上可能是我酒喝多了，Redyna 似乎也喝多了，我就那么一直抱着她，听她在我耳边唱 *The Sky's Memory*。原来她会唱这首歌的。”

凌晨三点昂炼走出酒吧，Redyna 也跟着走出来。上海的夜晚即使在凌晨也依旧充斥着张扬而喧嚣的声音。夜风吹过来，昂炼觉得自己清醒了很多。他看见 Redyna 微笑着跟在自己身后，偶尔踢路边的易拉罐，叮叮当当的声音在街道上欢快前进，Redyna 微笑的样子像个孩子。

“你要跟着我走多久？”

“不知道啊，反正你吻了我，你去哪儿我就去哪儿啊。”Redyna 把手在空气里挥动，无所谓地说。

“那只是开玩笑。”昂炼转过身来看着她。

电梯上升，昂炼靠在墙壁上，眼睛闭着，像是很累的样子。电梯门打开，昂炼走出来，但 Redyna 也跟着走出来。

昂炼转过身来对她说：“你到底要跟到什么时候？”

Redyna 眨眨眼，调皮地说：“其实我有权利说同样的一句话。”说完她拿出钥匙打开了昂炼隔壁的房间，“我们居然是邻居。庄先生。”

昂炼站在那里，他不知道自己应该笑还是哭，他想自己一定是喝醉了。然后他打开门进去。

“那天晚上我的记忆异常模糊。我在开门的时候觉得我自己忘记了做一件事情，可是直到我关上门之后我仍然无法想起我要做的是什么。Redyna 和 Rebecca 的面容在我脑子里都变得不再清晰，两者迅速地合拢，彼此渗透，然后再重新分开。我倒在床上之后立刻就睡着了，等我醒来的时候已经是第二天早上。阳光照进卧室，可是昨晚的记忆却再也无法清晰。”

“那天过后我在街上常常可以碰见崇明，他依然是清瘦而冷峻的样子，可是我知道他内心的脆弱。有时候他晚上来超市买东西，如果时间刚好，他会等我下班。我生日那天我意外地收到了崇明的生日礼物。他说是从我的工作卡上看到我的生日的。我很感动。从崇明口中我知道他有个女朋友名字跟我很接近，叫 Jessica，她以前总是隔一个星期就要去上海。而现在她已经离开很久了，一直没有消息。有时候我们一起逛街，崇明总是很有耐心地站在旁边等我。他笑起来很好看，白色整齐的牙齿，舒展干净的笑容。他借给我的那一个硬币我一直没有还给他，因为我觉得如果以后崇明突然不再见我，那么我还保留着一个和崇明见面的理由。尽管这个理由很可笑。”

崇明去超市买东西。

崇明：快下班了吗?

Jeneya：还有五分钟。

崇明：我等你。

两个人从超市走出来。

崇明：我刚刚接到 Jessica 的电话，她要回来了。

Jeneya 突然转过身来望着崇明，然后她笑着说，你倒好了，× 的我又被别人甩了。

崇明：谁啊?

Jeneya：谁都不重要了，我现在去打电话。

崇明：又要骂他啊?

Jeneya：是啊，来啊，也许要你帮忙呢。

Jeneya 拨了电话号码。

Jeneya：我不知道为什么要遇见你，也不知道你为什么在我没有爱上你之前不离开我，更不知道为什么你要在我已经爱上了你之后却离开我。一直以来我不敢告诉你我爱你，因为你太优秀，而我不。

Jeneya 突然转过身来对崇明说：你来骂他，我开不了口。崇明接过电话时看了看 Jeneya 的眼睛，他发现她的眼睛很湿润。于是他很生气，对着电话讲：我知道 Jeneya 很爱你，因为我从来没有看见她哭过。你小子也太没良心了，你真他 × 浑蛋。

挂掉电话之后崇明说：Jeneya，其实你很可爱，如果没有 Jessica 的话，我想我会爱上你。

Jeneya 笑着说：你去死吧，我才不要你爱我。然后她转过身，挥舞着手臂向前走，大声唱着《失恋万岁》。

“当崇明说他会爱上我的时候我突然转身，因为我不想让他看见我的眼泪掉下来。我很少为了爱情而哭，可是这次，我却不知道为什么。”

回家后崇明按下电话录音，然后他听见了 Jeneya 的声音。

“我不知道为什么要遇见你，也不知道你为什么……”崇明突然转过身来盯着电话，手中喝水的杯子突然掉下来，摔在地上跌得粉碎。然后他听到自己的声音：“我知道 Jeneya 很爱你，因为我从来没有看见她哭过。你小子也太没良心了，你真他 × 浑蛋。”

崇明面无表情地站在房间当中，过了很久，他说：我真的是个浑蛋。

“那天晚上我和崇明说再见的时候把他曾经借给我的硬币还给了他，我知道我已经没有和他再见面的理由。这次是彻底地分开。”

“从那天过后昂炼总会来听我唱歌。他说我的声音很好听，像柔软而光滑的水中植物。昂炼每天晚上都会靠在那台点唱机上听那首 *The Sky's Memory*，我记得我好像在某天晚上唱给他听过，又好像没有。而且他也好像不记得我会唱这首歌了。点唱机传出来的吉他声音很破碎，我觉得很像昂炼发亮而游移的目光。有时候我们会一起在空无一人的街上走，有时候会在我们家楼下的喷泉边上坐一个晚上。有时候他也会唱歌给我听，他的声音很明亮而干净，就如同他的人。他总是保持着干净而完美的外表，像是一把刚出鞘的剑一样锐利。我总是告诉他我爱上他了，可是他总是说不要爱我。我知道他有个美丽的女朋友和我的名字很像，叫 Rebecca，她以前每隔一个星期就会去南京，可是这次她很久都没有回来了。”

崇明站在家门口，微笑地看着 Redyna 关上门之后才转身开门，他开门之前迟疑了一下，然后还是什么话也没说就把门打开了，然后再关上。

电话录音：昂炼，我是 Rebecca，我马上回来了。昂炼转过身来，目光显得有些恍惚。

楼下，喷泉边上。

“Rebecca 快要回来了。我刚刚收到她的电话。”

“是吗？”

“我想我们以后还是不要见面了。”昂炼的表情很平静，或者说是木然。

Redyna 突然抱住昂炼，把脸埋在他的脖子与肩膀之间。

昂炼英气的眉毛突然皱起来，他说：你干什么？

Redyna 突然大声地哭了，她说：我想给你留下一个咬的伤痕，那样你就不会忘记我了。

昂炼的样子突然很哀伤：可是你咬得太轻了，伤痕有一天会消失的。

Redyna 撩起她的头发说：那你看啊，我脖子后面有块蝴蝶状的胎记，你看看啊，你看看嘛，我以后就把头发扎起来，你就可以看见了，你记得啊，下次看见一个脖子后面有蝴蝶胎记的女人，那就是我啊！

Redyna 突然跑开去，然后蹲下来哭了。

“那天晚上我一直在流眼泪，我蹲在地上一直哭，昂炼走过来把我拉起来，他的手臂很有力。昂炼一直是个成熟而稳重冷静的男人，可是，我却看到他为我红了眼睛，那么悲伤的样子。于是我就笑了，我不要他难过。”

那天之后我就没见过 Redyna 了，她辞去了酒吧的工作。楼下的老伯说她已经搬走了，他说她走的时候换了个发型，把头发全部扎了起来，看起来比什么时候都精神。”

“原来 Jessica 回来是要和我分手，她说她爱上了一个北京的男人，那个男人对她很好。她已经不用那种橘子味道的香水了，换成了一种凛冽的香气。她说她现在很喜欢听一家电台的晚间点歌节目，于是我很想最后为她点首歌。现在我习惯站在阳台上看整个南京城的夜景，我发现也很漂亮。街口的那家超市，我再也没有去过。因为 Jeneya 不再在那里上班。每天晚上我站在阳台上面望着满城灯火的时候，我都会想，Jeneya，你现在在哪里？”

昂炼靠在酒吧的点唱机旁边，他还在听那首 *The Sky's Memory*。

“我突然记起 Redyna 曾经唱过这首歌，在我们认识的第一天晚上。她的声音很好听。现在我突然很想见她，可是我知道我们再也无法相见。Rebecca 回来是和我分手的，她说她爱上了个天津的男人，英俊而帅气。楼下的老伯说 Rebecca 走的时候留了封信给我。我却一直没有去拿。那是什么东西对我来说都已经不重要了。直到那天我看见楼下的垃圾桶里扔了个信封，里面掉出了一把我很熟悉的钥匙。”

昂炼打电话到电台里正播出的那个点歌节目。

“喂，你好，这里是点唱节目。”

“喂，你好，我想点首歌给我曾经的女朋友，*The Sky's Memory*。她的名字叫 Rebecca，她还有个很好听的中文名字，濯蝶。我姓庄，叫昂炼。”

然后昂炼从收音机里听到了熟悉的吉他声音。他静静地闭上眼睛，一颗眼泪掉了下来。他躺在地板上，没有移动也没有声音，时间嘀嗒嘀嗒地从他身边走过去，然后迅速跑进外面的黑暗。一直到他听到电台里另外一个男人的声音：“喂，你好，我想点首 *The Sky's Memory*。”

“先生，刚才有人点过了。”

“是吗，那就麻烦你再放一次。我想点给我刚刚分手的女朋友，她的名字叫 Jessica，这是她最喜欢听的一首歌，她还有一个很好听的中文名字，叫濯蝶。我姓周，叫崇明。”

昂炼手中的杯子突然掉下来，在地板上摔得粉碎。他还是没有动，只是恍惚地想起：现在 Redyna 也许在另外一个酒吧唱歌。

收音机里的乐曲依然优美而动听，蓝色的忧伤的旋律飘荡在房间里面，最终响彻了整个上海的天空。

刻下来的幸福时光

上海最近的天气变化得很厉害，昨天我还穿着短袖的白色 T 恤，今天我就又裹起黑色的长风衣了。

我骑着单车穿行在人迹稀少的上大校园里，上大里面 90% 的学生都是上海人，一到放假的时候走得人去楼空，每次我在周末的时候都会觉得没有比这里更适合拍鬼片的地方了。

今天在下雨，雨从头顶笼罩下来，不是很大，却让人觉得伤感。

我的头发上全是细小的雨滴，从超市门口路过的时候我看到自己在落地窗中的影子，像是白发苍苍，一瞬间我就笑了。

白色的水泥地上一条长长的刹车痕迹。雨。绿色的树。骑在单车上头发凌乱的我。感觉像一支精美的 MV。

以前我很怕听到“苍老”这个词语，从初中我就害怕听。其实仔细想想一个十四五岁的孩子头脑中是不应该有“苍老”这个词的，这个年纪的孩子应该想的是麦当劳和可乐、CD 机和永远考不完的试。

那个时候我和小 A 每天都混在一起，我生活的全部重量似乎就在他的身上。因为对我而言，他是一个长者，他教我所有的东西，也纵容我所有的事情。我可以在不想上课的时候就睡觉，趴在木头课桌上晒太阳，鼻子里是木头课桌在阳光的热度里炙烤出的陈旧香味。我总是很沉地睡过去，因为我知道小 A 会把黑板上所有的笔记抄得一字不漏，我只要说说就可以借到。

我和小 A 曾经讨论过苍老的问题，我说我这个人，肯定是会很早就苍老的，在所有人都还在挥霍自己的青春的时候，我就已经站成一种模糊而氤氲的姿势了，如同夕阳一样，一点一点喷薄成最后的色泽，然后就暗淡下去。

当我说这番话的时候，我和小 A 坐在我家乡的那条最繁华的街道的天桥上，我们坐在栏杆上喝可乐。我平时都是用最玩世不恭的生活态度来过最严肃的生活，而很少说出这么有哲理的话，所以说完我就笑了，然后继续痞子般地说："人类一思考，上帝就发笑。我就是上帝，看我笑得多灿烂。"说完还吹了个口哨。

小 A 没有转过头来看我，只是淡淡地笑了，他总是这个样子，似乎永远平静，无论是一朵花在他面前绽放，还是一座城市在他面前倾覆。

他说："我就不会，我是个永远都不会苍老的人。"

我当时就笑了，我用我的笑来表达我的不屑。

小 A 伸过手来摸我的头发，像在摸一个小孩儿。

我十九岁了。我已经学会了留着长而凌乱的头发，学会了打耳洞，学会了很敷衍人的笑容，学会了怎么逗女孩子开心，学会了对喜欢的人微笑，对不喜欢的人也微笑，小 A 依然是那个样子——穿着干净的白色衬衣、粗布裤子，清爽的头发，眼睛依然清澈，笑起来如同十六岁一样明亮，对自己喜欢的人说很多的话，对自己不喜欢的人面无表情。

我写过一段话，我说我总是不厌其烦地回头张望，驻足，然后时光就扔下我轰轰烈烈地朝前奔跑。其实我写错了，其实是时光的洪流卷过来，我被带走了。

我被时光带着一路流淌冲刷，冲过了四季，越过了山河，穿过了明媚的风和忧愁的雨。

而小 A 却一直留在我的十七岁，一直站在我的回忆里，站在我的思念中，站成了一棵会微笑的樱花树，一直飘零。

昨天晚上熬夜，今天一直睡觉，中途不断有短信冲进我的手机，我都是拿起来模糊地看看，然后删除，然后继续裹着被子睡。中午的时候我收到一条短信，然后就再也睡不着了。

短信是微微发的，内容是："最近非典严重，你不要死了，给我活着。"

我突然想起自己已经好几个月没有和她联系了。断了电话，断了短信，我们独自生活在各自的生活圈里，高兴，难过，失望，沮丧，然后满心喜悦地等待希望中的明天。

我问微微："我说最近怎么都没你的消息？我还以为你死了。"

微微说："我这种人，所有的人都死了，我都会苟且地活着。"

我握着手机说不出话来。窗外的雨还是那么大，我突然想起我和微微在高三听的一首歌，那时候谢霆锋还是一脸稚气地在唱："下起雨，是天为谁哭了？谁为谁哭了？"

不知道是睡眠不足还是怎么，我觉得周围的空气开始微微晃动起来，我觉得自己是在一艘船上，周围是浪涛、风雨，以及时光的洪流。

我忘记了回短信，其实是我不知道怎么去回，我不知道怎么对微微讲，讲我的心痛，讲我的思念，讲我对高三时光一遍一遍的追忆。

只是明天总是要到来的，风已经吹起来了，三月的桃花和杨花。蒿草卷动着山火焚烧后的灰烬，把天空刷成一片银灰。

我喜欢站在山冈上，看整个城市匍匐在我的脚下，看所有人的悲喜夹杂着尘世的喧嚣一起冲上高高的苍穹，看阳光笔直地洒下来，镂空所有人的躯体和灵魂。

这个时候我会想起所有哀伤的灵魂，它们在云朵上的歌唱。

四川是个有很多山的地方，九寨沟、峨眉、青城。我喜欢和朋友一起背着很大的行囊走在那些青色的发凉的石板路和台阶上，汗水，可乐，睡袋，相机，DV，以及散落在每个角落的我们的情感和思想。

我只要一回忆，就会想起我和小 A 在峨眉山金顶上裹着毯子坐在窗台上听雪花纷纷扬扬地落满我们的十七岁。我就会想起我和小 A 在西安喧嚣的路边买工艺粗糙的兵马俑，如同买回一种时光的见证。我就会想起我和小 A 去很多偏僻的乡村，看到那些乡下孩子纯真的脸和干净的笑，他们躲避我们的相机，他们说这是古怪的盒子，人会被装进去。

我会想起我和小 A 在石头城，我看到小 A 站在桥上，风吹过他的头发，如同一个从宋朝缓缓而来的词人。

而如今，小 A 在日本，行走在早稻田的风里。他告诉我："总有一天，我要再次背起行囊，和你一起出发，看没有看过的山，走没有走过的水，挥霍没有挥霍完的青春，纪念永远无法纪念的纪念。"

于是我就相信了，如同相信了一个神话，而神话最让人膜拜的地方，就在于它的不可相信。

而如今我在上海，在这个中国东方最繁华的城市，在这个长江冲积出来的巨大平原上，再也找不到山崖，找不到让我居高临下的地方。我曾经站在东方明珠的最高层，望出去，却只看到无穷无尽的欲望。它们在云层下翻涌、变形、染色，它们像从远古镇定走来的巨兽，吞噬人们的贪念。

这个城市没有草长莺飞的传说，它永远活在现实里面，快速的鼓点，匆忙的身影，麻木的眼神，虚假的笑容，而我正在被同化，这是多么幸运的事情啊。

我对着上苍流下了感激的泪水。

泪水里面是座小小的冢，埋葬了我的十七岁、我的单车、我的摇滚 CD、我的笑容、我的一去不再回来的夏日。

让我把文字弄得飘逸一点、清淡一点，让我们开始感受我曾经拥有，而你们正在拥有的青春。

我和小 A 喜欢在我们十六岁的那个夏天沿着城市自在地走，因为他已经离开，回到四川对他来讲如同回来探望。而我，却是一直生活在这个地方，看着自己的时光一点一点和这个城市纠缠在一起，彼此枝繁叶茂地缠绕，再也分不开。

那个夏天我和小 A 站在马路边上，看顺着墙角奔跑的风。

在傍晚的时候，我们两个穿着四百多块钱一件的纯白色 T 恤坐在充满油烟味的路边摊上吃牛肉面。那是我最贵最贵的一件衣服了。但对小 A 来说不是，他家很有钱，有钱到足够把他送出国境，送到一个电话都不能直接拨通的地方。那个老板很热情地和我们说了很多话，我也和他讲话，而小 A 只是在旁边笑，笑得很清澈很好看，如同一个孩子般明亮奢侈的笑容。

三年后的今天，我依然可以清晰地回忆起来这个场景，周围很多的车很多的人，尽管是在傍晚，阳光依然很辣。

那个时候我们逃课去看电影。爆米花，可乐，薯条，看喜剧的时候大声地笑，看艺术片的时候彼此沉默，黑暗中谁都不知道谁的表情。

那时的我总有一个幻想，我想会不会在黑暗里面，当我们大声地笑的时候，小 A 的脸上是溢满忧伤的表情，而当我们沉默的时候，小 A 的脸上却满是笑容，如同黑暗中绽放的曼陀罗花。

后来我把这个想象告诉了小 A，那天我们还是在天桥上，喝可乐，吹口哨。小 A 依然伸过手来摸我的头发，他说："你就是这样一个人，想得太多，所以你总是不快乐。知道上帝对人类最大的惩罚是什么吗？就是给他无穷无尽自由的思想。"

城市颓败的霓虹倒映在小 A 浅灰色的瞳仁里，变得更加颓败，看不清楚。

我从上海回来，小蓓、小杰子和 ABO 从成都回来，CKJ 从北京回来，微微从重庆回来。一大群人依然是像以前一样大马金刀地坐在火锅店里，高声讲话，暴力拳脚。不知道是谁在调侃，说星星还是那个星星，月亮还是那个月亮，人也还是那个人，狗也还是那只狗。

说完一屋子的人都笑了，笑完之后就突然安静了，只有火锅的汤还在咕噜咕噜冒泡。

有人的眼泪掉进油碟里，我装作没看见。

微微问我："我们曾经记得的事情，我们是不是永远都会记得？"

我没有任何停顿地，就说出了三个字："别傻了。"

其实我原本可以告诉她我们会永远地在一起，到我们八十岁的时候我们也去街机上打 KOF，如果那个时候还有 KOF 的话。可是我没有，我如同一个最恶毒的巫师，讲着最恶毒的话。

那天晚上微微低着头问我："为什么没有任何一个属于我的地方？"

我不知道她问这个问题的原因，但是我知道这个问题的答案。

在高中毕业后的第一个寒假里面，我和微微很多次站在我们的高中门口。在他们放学的时候，我们就那样安静地站着，看着无数穿着校服的孩子顶着笑容满面的脸从我们身边经过——如同当年的我们每天经过时一样。

我突然想起《花眼》中那两个长着白色翅膀的天使，别人看不见他们，他们却总是安静地站在人群中，看谁的额间出现了红星，那么那个人就恋爱了。

学校还是那个样子，我们曾经的年轻气盛全部散落在这个地方，散落在那个湖边的树荫下，散落在综合楼的画室里，散落在钢琴房，散落在教学楼三楼中间的那间教室，散落在那个已经破旧的羽毛球场，散落在人潮汹涌的食堂，散落在那个已经消失搬迁的小卖部，散落在不知名的角落，唱着哀伤的歌。

我对微微说我们以前居然从来没有认真地穿过校服，总是不断地躲避老师的检查，穿着自己觉得好看的衣服在校园里横冲直撞。我突然很想看看自己穿着校服，拿着球拍，汗水从短头发上一滴一滴掉下来的样子。

风突然吹过来，我和微微的长头发凌乱地飘起来。她的头发刚刚用药水烫直了，我觉得她像在拍一支洗发水广告。我告诉了微微，微微就笑了。我也笑了。后来的几年，又陆续流行过染色、烫卷、短发……但她的头发却再也没有改变过。

我望着那些从我身边匆匆而过的陌生而淡漠的面容，却再也看不清楚，我觉得他们陌生，他们不属于我们——他们甚至不属于我曾经了然于胸的青春时代。他们比我们更利落，也更快速，他们毫无牵挂地奔向期待中的未来。

可是我可以看见旁边的微微，她淡漠的面容下面是条湍急的河。河水呜咽成苍凉的提琴声，穿越黄昏时冗长冗长的巷道，穿越烈日下纤细的绿色田野，穿越繁华城市的石头森林，穿越我们背着书包奔跑的背影，穿越我们单车上散落的笑声，穿越明明灭灭的悲喜，穿越日升月沉的无常，穿越四季，穿越飞鸟，穿越我们的长头发，然后凌乱地在我们脚边撒落了一地的碎片。

是谁说过，我们的心，早已死在最繁花锦簇的时刻？

我的生活一如既往，很多的朋友，很明亮的生活，只是越来越深信一句话，越是明亮的地方，越是会产生最暗的阴影。

生活突然进入一种忙碌的节奏，每个周末会往全国各个地方飞。我的耳朵突然开始习惯飞机起飞、降落时巨大的轰鸣声，习惯飞机上难吃的饭，习惯躺在九千米的高空做白日梦。

以前我曾经许愿，我说以后我要走很多的路，看很多的风景，我要把曾经在地图上看过的地方真实地踩在脚底下。而如今，我真的是走了很多的地方了，以前没去过的现在都去了。我想我应该可以释然了。可是为什么心里总是觉得，一定有什么地方出了错?

我在上海，悠闲地生活，学着电影电视编导方面的东西，期望着有天我可以拍出让人泪流满面的作品。空闲的时候我会去图书馆，在一排一排长长的书架里找那些厚厚的落满尘埃的专业书。看怎么调度场景，看怎么布置灯光。图书馆有很多巨大的玻璃窗，望出去，是不断起落的飞鸟。有时候我闭着眼睛就开始想象那些飞鸟落下的浅灰色的羽毛轻轻地覆盖在我的瞳仁上，于是我想起小 A 的浅灰色的瞳仁。

想起那棵在我记忆里面一直飘零的樱花树。在明亮的阳光里，不停伤逝。

有时候在宿舍下面的凉亭里吃西瓜，蹲在栏杆上，几个朋友在那里随便地说话，讲一些无关痛痒的话，做一些可有可无的表情，于是我想日子就这么过了。

想起鲁迅说过的：这样的生活何时才是个尽头啊。

我总是喜欢站在草坪上举目向东看，一直向东，向东。

我想看看东京塔的雾气，散了没有。

我总是喜欢站在楼顶上举目向西看，一直向西，向西，我想看看家乡的向日葵，开了没有。

我已经忘记了乘火车的感觉，一直坐飞机坐到自己想吐。

记得以前高中的时候，我和小 A 总是在火车上，裹着毯子安静地睡去。睡不着的晚上就靠着窗看外面山脉黑色模糊的轮廓、偶尔散落在山脚下的昏黄的灯火，或者飞逝而过的灰铁站牌。天亮的时候会抬头望天，想着那些移动的云朵是否会拼凑出一张记忆深处的面容，一瞬间可以让我丧失所有的语言。仓皇的。伤感的。田野里有飞鸟扑扇着翅膀冲上高高的苍穹。

年少的梦想清澈得如同湖泊一样，曾经的纯真和对生活的坚持。握着咖啡杯都可以想象掌心开出一朵花，香味弥漫如同最美的藤蔓植物。学陶艺的时候整天和泥巴打交道，感觉泥土在指间百转千回。

学插花的时候和同桌的女生畅想以后自己的恋人，她说她的白马王子会在厨房里摆满小小的仙人掌，煲汤的时候会捧一本画册安静地等待。我说我的白雪公主会在屋顶花园里种满金黄色的向日葵，穿着白色的棉布裙子为它们浇水。说完后我就笑了，因为我突然想起在刚刚过去的夏天，我就是穿着白色的棉布 T 恤米色的粗布裤子，在我家的屋顶上种满了向日葵。

而如今，我只能在楼顶上仰望长满云朵的天空。我突然想起金城武，想起《心动》里面他总是躺在屋顶天台上，望着灰色的蓝色的白色的晴朗的阴霾的天空，然后拍照片，一盒子的照片，然后送给她，告诉她："这是我想你的时候的天空。"

我站在高高的屋顶上，风破空而来，我伸出手挡着眼前的沙尘，当风快要离开的时候，我总是会对它讲："你可不可以帮我看看，我家乡屋顶上的向日葵，还活着没有，花开了没有，有人为它们浇水没有？"

《东邪西毒》。时间的灰烬。电影里面，张国荣用西毒的口吻讲："我想回去看看，家乡的桃花，开了没有。"

那些素面朝天的城市，那些洗尽铅华的容颜，在我的飞机起飞的时候，就全部沦陷了。

言情剧里总是有人煽情地说："亲爱的，再见了，再见了。"我们总是笑着说虚伪。

可是我终于发现，我们认真说过再见的人，再见的事，永远都不能再见了。

你选择往东，那么我就固执地往西走。从今以后，有着不同的境遇，各自辗转在不同的命运里，各自匍匐在不同的伤痕中。当飞机把我们的回忆带上九千米的高空，当火车轰隆隆地碾碎我们明媚的青春，当一切缓慢溃败在红色的雨水里。

原谅我凌乱的文字，原谅我破碎的时光。

那些在地铁站里急速地奔跑的风，那些在我的瞳仁里起起落落的鸟群。

我总是有着无穷无尽的幻觉，曾经我和小 A 在夜里的时候坐在一条黑色的船上。那条船已经很旧了，我甚至在想也许下一刻我们会随着这条船一起沉没。

我坐在船舷上，小 A 站在我的身后，周围是大片大片起伏的芦苇，我知道里面沉睡着白天飞过了沧山泱水的鸟群。周围有停泊的船，船上有灯火，我在那儿故作情调地念“江枫渔火对愁眠”。小 A 还是像以前那样摸我的头发，然后笑得很好听，笑声温柔，我相信不会惊动那些沉睡的鸟群。

我幻觉自己行驶在一条时光的隧道中，我从这个入口进去，然后会从那个出口出来，我不知道那个出口等待我的是什么时间、什么场景。

也许是 3 月草长莺飞的江南，也许是金戈铁马的大漠。

也许渭城，也许离赤。

我们要做的，也许是不停地寻找，也许是安静地等待。

就像《情书》一样，藤井树和藤井树。一直在寻找，永远不知道结局，不到最后，谁都看不清命运残忍而伟大的手心里，是怎样蔓延的掌纹。而等到最后了，看到结局了，听到呐喊了，我们能做的，也只是忽然地领悟到，自己曾经那么深深地爱过，那么沉沉地被爱过。

我们睁着眼睛看着铁轨沉到地平线下，泪水弄脏了我们年轻的脸。

那些南飞的鸟群，每年春天都会回来，我都可以站在屋顶上等待它们从我头顶上飞过，等待羽毛纷纷扬扬地落下来，如同春天里最温柔的杨花。

可是那些离开的人，无论我等了多久，他们终于还是散落在了天涯，音容笑貌，无可怀念。

我有无数的朋友，他们都固执地热爱着飞鸟。

我也一样。苏童在《我的帝王生涯》里写了无数的鸟群，飞翔在寂静的墓地里，飞翔在灭亡的城池上。

而我和我的朋友，我们知道，每天都有鸟群从我们头顶无声无息地飞过，只是我们不知道，每天飞过的鸟群，会不会看见下面所发生的不可挽回的改变。

风雨声。摇篮曲。

最近好像我总是不能完整地说一件事情，文字越来越凌乱，感觉越来越破碎。

它们似乎在和我玩游戏，有时候靠近我，有时候远离我。

我突然想起自己十六岁时写文字的流畅，那个时候我可以写很干净的字，文字里没有死亡没有阴郁，如同村上春树笔下的鼠，干净地生活在如水一样的时光里。在夏天喝掉一个游泳池的奶茶。

而我突然就十九岁了，站在时光即将断裂的悬崖边，却什么都看不见。

风依然沿着墙角奔跑。

我依然骑着单车穿越春深似海的香樟的阴影。

而时光已经行走到了2003年的4月，我坐在我的寝室里，感受着上海梅雨季节前珍贵的阳光，在我新买的电脑前打这些文字。我用一笔稿费换了一台新电脑。新电脑的键盘是笔记本式的纯平键盘，打上去噼里啪啦的很有快感。

不过我还是怀念我在四川的那台旧电脑。

我想它的键盘上肯定已经落满了一层柔软的灰尘。

阿亮发短信给我，说她买到了我的第一本书，不过是再版，已经不是第一次出版时简单的封面，仅仅十二块钱的定价。现在的书是蓝色的封面，定价十六块八。

晚上的时候我们去看电影，在电影院里阿亮把书拿给我看，我抚摸着书的封面，耳边听到流水的声音。我看后记看前言看书里一篇一篇我十七岁时写的文章，看到那个小孩子，单纯地笑，简单地哭。合上书我才发现，自己很久没有写到自己哭了。

那年的冬天格外寒冷
你站在高高的山顶上站成我眼里飞扬的风马旗
格桑开在我的手指上
经幡卷进你的长发中
我们一起把光阴剪成最奢侈的烟火
繁华的新娘
尖锐的霓裳
而时光的羽毛站在云顶嘹亮地唱
暗了边疆
断了流光
染了洪荒

hansey 发短信告诉我，他们城市的柳树已经开花了，一点一点的柳絮如同落雪一样飞扬在整个城市的上面，他抬头看它们看得笑容满面。

我和 hansey 和清和微微有个约定，在这个夏天最终到来的时候，我们一起去丽江，看夏天里的雪山，走青石板的路。因为这个夏天，hansey 就毕业了，如同我和微微在上一个夏天的那场惨烈的逃离。

曾经以为念念不忘的东西，总有一天会变得面目全非。

时光没有教会我任何东西，却教会了我不要轻易地去相信一个神话。

上大的校园里又开始充满了人，一群一群的年轻人骑着单车穿越这所金碧辉煌的大学。

我的生活始终是这样，用最玩世不恭的态度过最严肃的生活。

我愿意轻易地去相信一个突然出现的人，跟着他走，无论他是要带我去学校的超市，还是要带我去村上春树的世界尽头，我都义无反顾地跟着他走。因为我需要一个神，这样我生活起来就比较轻松了。

可是我却从来没有相信过任何人，一个很久没联系的朋友说我最可贵的地方就是不被任何人改变，“我曾经企图去改变他，不过现在已经不想了。”

看到这些文字的时候我都不知道自己内心是难过还是高兴。我只是在想，我这样的人，是不是活得太顽固？

古龙说：“风在手边，剑在手边，我的理想就不会太远。”

那天晚上我做了个梦，梦中我曾经喜欢的一个女孩子在荡秋千，她穿着白色的裙子，光着脚，她的笑容很好看，随着阳光被风吹到高高的苍穹上。我站在下面看着她就笑了。很多的东西从梦里穿越而过，岩井俊二的《情书》和《关于莉莉周的一切》。藤井树站在山崖边对着山林空旷地呼喊，白色衬衣的莲见雄一站在麦田里低着头反复地听着莉莉周的CD。

大街上年轻的男生把书包背在胸前，把他的猫装在书包里。他像一个小说人物般充满了蓬勃的生机。

而我拥有的、剩下的、顽固地不肯放手的——无数的大提琴CD，里面的乐章像水一样围绕在我的身边；三把羽毛球拍，漆掉了弦断了可是我还是那么宝贝；进大学后买的人生第一辆单车；刚刚办好的护照上稚气未脱的照片；生平租下第一所公寓，房东交在我手上的那串磨旧了的钥匙。

我梦到了很多听到了很多看到了很多，我是那么真实地就笑了。因为这是我的青春，这是我的杨花，这是我念念不忘却总有一天会遗忘的东西。

什么都会过期，连凤梨罐头都会。

只是我希望，我的记忆可以成为一把刻刀，把所有幸福时光，全部刻下来。

那个梦我做了很久，一直哭，一直笑，梦醒了，我却找不到泪水的痕迹。我揉揉眼睛，发现这个梦格外冗长。我在梦里，沉睡了十九年。

天亮说晚安 1

——曾经的碎片

(图案可扫描)

每次站在夜色中我总是会获得一些恍惚的暗示，我是城市中一个习惯倾听的人。我总是喜欢站在大厦的顶上，仰望寂寞的天空，看到有飞鸟寂寞的身影斜斜地从我眼前消散。我的思想绵延整个世界，布拉格的第一场雪，布鲁塞尔喧嚣而空洞的机场，上海昏黄的天空和外滩发黄的外墙，拉萨湛蓝色的湖水，苏州深远悠扬的暮鼓晨钟，丽江古老的青石板路，东京飘零的樱花，札幌的最后一班地铁和田间突然腾空的飞鸟……每个城市都是一种印记，而我孑然一身见证一场又一场的别离与伤逝。我可以看到生命中凌乱的碎片从眼前缓慢地飞过，捕捉到每场繁华间短促的罅隙，而我在这些片段和罅隙间起舞。当幻影消散，我热泪盈眶。每个城市，每条街道，都有人在阳光下彼此赤裸地厮杀，也有太多沉默的孩子在黑暗中悄悄地流泪。我可以听到他们内心绝望的歌唱。那些孤独，寂寞，伤痕，死亡，别离，思念，等待，稍纵即逝的温情和绵延永恒的绝望，如同夜色中一支华美的骊歌。

突然想到一句我看到过的最绝望的话：我就是这么地热爱绝望。

那天我站在路边的车站等车，我是要到一个老师家去补习，书包里是难以计数的试卷和参考书。一个漂亮的男孩子从我身边走过，背着把黑色的吉他，破旧的牛仔裤，长长的头发被风吹得飘起来，他脸上的表情天真而狂妄，哼着一段重复的旋律，我知道那是平克·弗洛伊德的歌。他从我身边经过的时候吹了声响亮的口哨。我悄悄地低下头，我似乎想起了什么， 可是我马上又摇了摇头然后笑了。但我不知道我为什么要笑，可是我知道，那些从天花板上掉落下来的柔软的灰尘，再也不会出现在我的生命中了。

我叫晨树，我在中国的西南角生活。很多时间在念书，很多时间不说话，很少时间看电视，很少时间睡觉。这就是我现在的生活，日复一日地继续。

至于我曾经的生活，我却一句话也说不上来，它刻进了我的生命，留下深刻的痕迹，日日夜夜在我血管里奔流，不肯停息。而且，一直绝望地歌唱。

而歌唱的旋律，破裂而又华美。如同暮春樱花惨烈的凋零和飘逝。

我住在一栋三层楼的木房子里，最下面是我父母，中间是我，最顶层是个比我大一岁的男孩子，名字叫颜叙。生活沉默，摇滚乐听到死。

颜叙来租房子的时候提着两只很大的箱子，他仅仅对我妈妈说了两句话，第一句是：我来租房。当我妈妈对他讲了条件之后，他的第二句话是：好。然后他就提着箱子上去了。

我记得那天我企图帮他提一只箱子，可是发现箱子很重。他对我说，不用了，谢谢。可是依然面无表情。

很久之后我知道了那两只箱子中装满了 CD 碟片，除了摇滚还是摇滚。我说的很久之后是真的很久之后了，因为那个时候我已经整夜整夜地跑上楼去，一直听摇滚乐听到天亮。我记得每当天快亮的时候，颜叙总会站在那扇小窗户前面，伸出手指在光线中变换阴影，然后他会说，看，一天又这么过去了。声音里没有任何感情可是却弥漫了忧伤。我总是想看看他的眼睛在那个时候是什么样子，可是他总是背对我站在窗前。当光线汹涌着穿进房间的时候，颜叙的背影总是像烟云一样，渐渐弥散。

颜叙搬到我的楼上之后，每天晚上我都会听到天花板震动的声音，然后会有柔软的灰尘从上面掉下来，落在我的头发和肩膀上。这一切我没有告诉我爸爸，因为我知道为什么。颜叙总是在晚上戴上耳机，将音量开到可以将耳朵震聋的程度，然后随着鼓点在房间里跳舞。我记得那天我站在他的门外，从虚掩的门我看到了手舞足蹈的颜叙，他在一片黑暗和寂静中起舞，如同黑色的精灵。

后来他发现了站在门外的我，他望着我一直没有说话，脸上是孩子般抗拒的表情。我们两个就那样站在黑暗里面，彼此沉默。最后他走过来，摘下耳机，递给我，对我说，你要不要？听听看。

然后我笑了，我说你跟我下来。其实我叫他下楼也没做什么，只是给他看了我整整一抽屉的 CD，然后他笑了。嘴角有好看的酒窝，像个长不大的孩子。

从那天之后我们成了很好的朋友。形影不离。

我不是个阴郁的孩子，我在谨慎的家庭和精致的物质中成长，外表干净，成绩优秀。我妈妈收集了我所有的奖状和证书，一张一张看要看好半天。

可是我内心依然有绝望，只是连我自己都说不出来那究竟是什么，我只有在耳朵里充满暴烈的音乐和痛苦的呐喊，在看到一幅扭曲的油画，在陌生的路上看到一张陌生却隐忍着痛苦的面容，在满是霓虹的街上一直晃荡却找不到方向，在拿起电话却不知道该打给谁最终轻轻地放下的时候，才会看见那些隐藏在内心的黑色从胸膛中汹涌着穿行而出，在我的眼前徜徉成一条黑色的河——

哗啦啦，哗啦啦，绝望地向前跑。

颜叙告诉我说他原来住在城市边缘的一个九平方米大的屋子里，也是一座木质阁楼的第三层。他说他对木质阁楼的顶层有着很深的依恋。因为可以找到一扇天窗，打开来，望见星斗。我记得在一部日本的电影中，有个边缘的少年，他住在阴暗的阁楼上，每天抱着吉他，一整夜一整夜拨着同一个和弦，在电影结束的时候，是一场樱花惨烈的凋零，樱花树下，是那个等了他一整夜的女孩子，那个少年不敢下去，因为他觉得自己配不上她。然后是那个女孩一瘸一拐地离开。因为站了一整夜，脚已经麻了，然后影片仓皇地结束，像是我们的成长，不知所措。影片的最后一句台词是那个女孩抬起头对着那扇窗说的，她说：天亮的时候请你打开窗，对我说晚安。因为我要走了，我真的要走了。

颜叙在那个房子里总是整夜整夜地放着音乐，声响震得天花板上掉下细小的灰尘，他在里面总是大声地怒吼和放肆地挥舞四肢，他说那种感觉像是一遍一遍地自杀，可是永远也无法成功。他这样告诉我的时候脸上还是没有表情。

而我总是习惯戴耳机。我没办法把自己就那么暴露在别人面前。有时候走过学校空旷的操场的时候会遇见同学，他们问我听什么，我也就说是香港流行乐。其实那个时候，我耳朵里的声音震得要让我疯掉了。

我也不知道自己为什么会喜欢听摇滚，没有旋律性，没有完美的唱腔，可是 CD 还是一大摞一大摞地买。我记得有次我在离我家五站路的街区的一家音像店中找到了几乎所有的 NICK CAVE 的 CD，包括第一张 *Tender Prey* 和最后一张 *Murder Ballads*。最后我身无分文地从那家音像店里出来，抱着那些刚买的 CD 和一张老板送给我的 *Let Love In* 满心喜悦地回家。我走着回去的。穿越那些陌生的街道，看着华灯初上的暮色，看到几个妇人提着菜匆忙地回家，看到开往自己家的方向的公车从身边叮当作响地驶过，在一个街道的转角处我突然就停下来，可是我不知道自己究竟怎么了。

回到家的时候我都忘记了时间，我只知道父母的脸色不是很好看。可是他们很相信我。他们叫我吃饭，可是我没有，我匆匆忙忙地跑上了三楼，我要去找颜叙。

那天我忘记了我回家的时间，可是我记住了那家音像店的名字：破。还有那个女老板，漂亮可是没有任何妆容，蓬乱的头发和干燥的皮肤，沉默寡言，只有眼睛依然明亮而且锐利。可是当我再去的时候，却再也找不到那家店面了。我问了周围的居民，他们却一脸茫然地望着我，像是在看一个怪人。破消失了，像是彻底地人间蒸发。以至于我在很久之后抚摩着那些 NICK CAVE 的 CD 的时候，都觉得那是一个幻觉，华美，可是一碰就碎。

我和颜叙总是喜欢坐在天桥上，让黑色的风一直吹我们的头发。那些从我们脚下匆匆驶过的车总是将尖锐的车灯打在我们脸上，有漂亮女孩子走过的时候我会响亮地吹起口哨，然后笑得很放肆。每当这个时候颜叙总是笑一笑，很沉默的样子。

我和颜叙总是在我父母入睡之后从楼上悄悄下来，然后翻过铁门，跑到街上。那个铁门很多次都在我的衣服上留下了斑斑的锈迹。每次我们成功地跑出来之后，颜叙总会在车水马龙的街上大吼一声，他说这是逃亡后应该有的心态。他总是喜欢用“逃亡”这个词语，因为很惨烈。

有时候我们仅仅是在街上漫无目的地荡，像两个枉死在午夜的鬼。遇见二十四小时营业的超市我们就进去买咖啡，然后捧着纸杯吐着白气穿越冬天午夜寒冷的街道。看见美丽的广告牌就大喊一声：啊！杰作！

颜叙是学美术的，理想是做广告。我看过他的画，一层一层的色彩晕染开来，画面全是抽象的色块，有时候是很多杂乱而扭曲的线条，彼此缠绕，像是部分意大利歌剧的高音，回旋缠绕，细得像要断掉，逐渐勒紧直到缺氧。

我们总是喜欢走陌生的路，逛陌生的街区，在快要天亮的时候在陌生的电话亭里拨一些朋友的电话对他们说晚安。我不知道这是为了新鲜感还是为了陌生的人彼此间冷漠的隔阂。颜叙说他不喜欢和很多人在一起，因为吵。而我不喜欢和很爱说话特别是很会说话的人在一起，因为我觉得不安全。

我一直以来都喜欢一句话：我喜欢沉默的人，因为他们善良。

有一次我和颜叙经过一条喧嚣的街道，霓虹弥漫，酒吧彼此相连。颜叙带着我走进一间声响震天的酒吧，他对我说他有很多爱音乐的朋友在里面，他们都沉默，他们都善良。

我听摇滚 CD 的时候都已经习惯了将音量开到震天响，可是进去之后十分钟我就头痛得像要死掉，无数的金属杂音朝我耳朵里挤进来，我看到那些扭动身躯的人那些陶醉沉溺的人心里一阵阵地难过。后来颜叙将我拉出来了，他看着我什么也没说，只是摇了摇头。当我们转身离开的时候我看到一个很文静的女孩子撞门冲出来，然后就蹲在路边吐。

颜叙对我说他认识这个女孩子，在重点高中上高三，可是却喜欢上了他的一个搞摇滚的朋友，她常常为了证明她的爱而跑进去，可是总是被那震天的声音震得呕吐。

我看着她素净的面容觉得心里很压抑，可是我还是站在原地看着她。突然想起《北京的乐与路》中舒淇说过的话：自杀的方法有很多种，其中一种就是找个玩摇滚的男朋友，最为痛快，因为又痛又快。

离开的时候我回头看了看门上闪烁的字幕，原来这间酒吧的名字叫“地震”。

突然想起清和曾经告诉过我的一句上海小乔说过的话：我深爱着摇滚，因为我深爱着那个深爱着摇滚的人。

我曾经对 Fox 讲过颜叙这个人，然后 Fox 发过来一段话，他说：他肯定总是穿着黑色的衣服背着斑斓的画板沉默着穿越这个城市。我问他怎么会知道，他说不为什么，喜欢摇滚也喜欢画画的人都那个样子。

Fox 毕业于那个最好的大学，从小家境优越且成绩好得让人羡慕。可是他却在全国几乎所有的门户网站上写摇滚乐评专栏。我问他有身边的人知道你写摇滚乐评吗？他说没有，他说身边的人几乎都不知道他听摇滚乐，而且还有倾慕他的女孩子不断地送他香港的情歌 CD。我说那你真的隐藏得够好，他说对，所以他叫 Fox。可是他告诉我，他不在学校的时候就有点像个小朋克，背着黑色的吉他，凌乱的头发，面容憔悴，匆匆地穿过街道，奔赴郊区那个低矮的平房中等待自己的乐队。他告诉我他的乐队叫“破”。我突然想起在这个城市中曾经出现过的那家音像店，可是我没有勇气问他。

我和 Fox 认识是因为我喜欢他的论坛，也总在里面不断地贴帖子，而且时间几乎都是凌晨。后来我对他讲了他文章中的一个错误，然后他回了我一封信，对我说谢谢。然后我就很轻松地成为了他的朋友，而且让他隔三岔五地给我寄北京的 CD 过来。其中我最喜欢的《撞昆仑》也是他送给我的，听说极其难找。

于是我持续地收到包裹，有天我妈妈从破损的信封一角看到了一张 CD 的封面，一个人正在用手撕开自己的胸膛，我妈妈很吃惊，问我是不是遭到了恐吓。

Fox 和我在一个城市，这多少有点戏剧化，我总是在街上遇见一个背着黑色吉他的人就停下来，然后问他你是不是 Fox，然后理所当然地遭到很多的白眼。有次颜叙也背着一把黑色的吉他走到我的面前，然后他笑笑，对我说，你猜我是不是 Fox。

其实我很想让 Fox 和颜叙认识，我想那一定很有趣。

最早引我接触摇滚的人是林岚，我初中的同桌。她总是在上课的时候听 CD，把头发垂下来遮住耳朵，当老师抽问到她的时候我总是撞她的胳膊，然后她慢条斯理地站起来，接过我匆忙写下的答案大声地念出来然后望着老师笑，然后坐下来继续听 CD。脚在下面一下一下地打着节奏。

她最早给我的一张 CD 是 Nirvana 的 *In Utero* 我听完了还给她的时候她问我好听吗，我说很好听，于是她说那就送给你。

林岚在十五岁的时候父母离婚，可是她没有跟着任何一方，她一个人住在市中心的一套一百四十多平米的居室里，在房间里的每面墙壁上挂满了油画并且每张油画下面都有题目。 那是她自己取的。她说她生活的主要目的就是不断地买油画来挂在墙上然后给它们新的名字，她说她曾经有个梦想是开一个很大的画廊，然后等待有意思的人走进来。我问她为什么要用“曾经”这个词，她望着我带着嘲讽的口气说：很简单，因为现在的我，没梦可做，听歌听到天亮，然后对自己说晚安。第一次去她家的时候我一直站在客厅门口走不进去，因为她的地板上到处散落着 CD 碟片和封套，于是她就对我说如果我想到什么地方那么将脚下的碟片踢开就好了。后来很多个周末我就是坐在她家的地板上找 CD，然后放进 CD 机中，等待难以预料的声音突然地爆炸在空旷的房间里面。

后来在我初中还没有毕业的时候，有一天林岚突然就消失了。她前一天借给我的 CD 还在我的 CD 机中转，可是我旁边的座位却突然空了。我去过她家很多次，可是大门紧闭。有好几次我将耳朵贴在大门上，企图听见里面震动的声音，听见 CD 碟片在地上散落的声音，可是门里面，却一直寂静如同坟墓。当我初中毕业的时候我又去找她，结果开门的是个化着浓妆的女人，于是我说对不起找错了，然后悄悄地离开。

从那之后我就再也没见过林岚，我总是在路上经过画廊的时候突然就想到她，而我抬头望向天空，只看到飞鸟惊慌失措地四面飞散，翅膀在天上划出寂寞的声响。有些人是突然就会消失的，而有些人，一辈子都会被囚禁在一个狭小的地方。

在一个冬天的晚上我和颜叙坐在街心花园，我对他讲起了林岚，结果我一直讲一直讲讲到停不下来，颜叙什么也没说，只是在最后我双手掩面沉默的时候，他才低着声音说，爱画的人天生就是寂寞的，因为他们总是企图在画中寻找自己向往的生命，可是却不明白，那些落在画上的色泽，早就已经死掉了。

那个冬天的晚上在我的记忆中变得格外地冷，颜叙的话带着口中呼出的白色水汽，弥散在黑色冰凉的空气中，最终消失不见，像曾经的林岚，没有留下任何痕迹。

我和颜叙常去的那家音像店叫麦田风暴，在一条繁华的大街上，是家很大的音像店。从大门进去是流行音乐，然后是民族歌曲，再然后是古典歌剧和乐器，在最里面的一间小屋子里，放满了有着漂亮封面的摇滚 CD。我和颜叙每次总是目不斜视地一直走到最里面。

每个星期六的下午我和颜叙都会去找我们想要的 CD，颜叙总是不上最后一节课，早早地在我的教室门口的走廊里坐着等我下课。我在教室里望着外面安静地听 CD 的颜叙，觉得他是那么寂寞而又善良的孩子，有人从他旁边经过，可是没人知道他耳朵里叫嚣的绝望的呼喊。

我和颜叙总是喜欢坐在地板上一张一张地找，有时候拂开封面上的灰尘会看到一行惊喜的英文字母，一张找了好久的 CD。那家音像店的老板是北京人，很年轻的一个小伙子，性格粗犷，像那些北京地下的音乐人。每次我们去的时候他都很高兴，因为很少有人走到最里面。一见到我们他总是立刻就摘下耳机然后把我拉过去对我说你来听你来听，然后大大咧咧地为我戴上耳机。

有时候我们找不到碟，他就叫我们把专辑的名字写下来，他帮我们去找。他对我们很大方，常常打折打到难以置信的地步。

后来我和颜叙送了他一幅很大的画，是《乌鸦群飞的麦田》，这幅复制品被他挂在店面的墙上，他每次见到我们都说很喜欢。

颜叙说，其实很多玩音乐的人都很单纯，简单得像孩子，可是还是有太多的人将他们与堕落、吸毒、滥交联系在一起，其实他们只是迷路的孩子，没有方向。

Fox 从上大学的时候就开始一直给我寄各种各样的摇滚杂志，我总是在上课的时候在课桌下面匆匆地翻，书页发出哗哗的声音。

那些杂志里面到处都有 Fox 漂亮的字迹，圆体的英文歌词，一大段一大段没有尽头。有时候会在空白的地方画出残碎的花瓣。那些字都是用黑色的钢笔书写的，那些花瓣也是黑色的，阴暗而诡异，可是仍然寂寞地开放，然后凋零。

我总是将这些杂志放在书包里，然后带着它们穿越整个城市，企图寻找它们来时的方向。遇见背着黑色吉他的人，我依然会停下来问他是不是 Fox。

Fox 总是介绍各种各样的乐队和唱片给我，然后我拿着那些陌生的名字去麦田风暴。他总是不厌其烦地将他听歌的感受用黑色的墨水写在白色的打印纸上，然后经邮局转到我手里。每次都是厚厚的一沓。我总是将它们放在一个白色的纸盒子里，编号，装订。然后将要对他说的话扔到他的论坛里去。

颜叙喜欢在下午放学之后去人流汹涌的十字路口写生，而我就在旁边听音乐。颜叙喜欢画那些行色匆匆一脸麻木的人，画他们穿过街道走在斑马线上的样子。他告诉我越简单的面孔越隐藏着故事。颜叙的速写人物总是没有黑色的瞳仁，眼神空洞，面无表情。我问他为什么，他说，没有为什么，我看到的就是那个样子。颜叙在十字路口画过的唯一的一个有眼神的人是一具尸体，她被车撞死在公路中央，鲜血从她的身体下面蔓延出来，像朵莲花。

颜叙的画中那个死在路中的女子仰望着天空，张着嘴，像是要说话。

当暮色降临天色渐晚的时候，颜叙就开始收拾画板，然后我们在路边站一会儿，然后就回家。其实我很喜欢傍晚时候的空气，一点一点白色的斑点散在空气中，像是模糊年老的胶片电影。我和颜叙就站在路边一动不动，多年以后我依然梦见这个画面。就像 MTV 中导演常用的手法，周围的行人都是快速地奔走，成为模糊的拉长的光线，而我们两个站在那里，清晰得毫发毕现。

我们站立在时光的外面，他们平躺在河流的下面，而我们的青春，埋藏在洞穴的最里面。我听不到他们的声音看不到他们的脸，只看到他们寂寞的背影，像在说再见。

我和颜叙喜欢去一家叫作翟略的咖啡厅，因为里面一直放着一张迷幻的摇滚 CD，声音飘忽隐约，我和颜叙曾经问过放这张 CD 的那个女服务生为什么要这样，可是她也不知道，她取出碟片给我们看，可是上面全是日文。那家咖啡厅的每面墙上都有画，有复制的名画，也有学美术的孩子的作品。临街的落地窗大而明亮，我和颜叙总是喜欢在晚上坐在临街的位置上看外面行色匆匆的人。有次我们看见一个妆容精致可是一脸疲惫的女子一直望着我们，可是一直不说话。我以为她认识颜叙。可是颜叙告诉我，其实从外面是看不到里面的，她只是在看暗色玻璃中自己的影子。我跑出去，站在窗户前，果然只能看见自己寂寞的身影印在玻璃中，而玻璃背后，只能隐约地看到颜叙深沉的笑容。

颜叙继续告诉我，其实在地铁上看车窗的人也一样，窗户外面是黑色的隧道墙壁，没有任何东西，其实每个人看的，只是自己单薄而明亮的影子。

在很久以后我和颜叙知道了那家咖啡厅名字的来历，翟略，原来是留下这家店的老板的名字。

在我家的后面有个破旧的教堂，尖尖的顶，顶上有口破旧得满是铁锈的钟，每天薄暮的时候就会有个穿长袍的老人去推动撞杆，然后突然响起的钟声总会惊起一群停在屋顶上的鸽子，它们开始在天空中寂寞地飞行。我和颜叙有时候会去那里面听唱诗，听管风琴清越的声响。记得第一次我和颜叙走进去的时候我们都戴着耳机，颜叙听着 Godflesh 倡导的工业重金属，而我听着同一风格的九寸钉的*Pretty Hate Machine*。当我看着那些祈祷的人的专注的面孔的时候，我没有办法再将耳朵里的喧嚣继续，我摘下耳机，听着安详的风琴声，可是颜叙一脸邪气的笑，戴着耳机，轻轻地晃动着头，头发垂下来遮住了眼睛。

我和颜叙总是坐在那些长木椅中间听音乐，可是我再也没有听过那些吵死人的唱片，取而代之的是一张教堂的唱诗 CD。可是颜叙不管那么多，依然在有鸽子翅膀扇动声音的安静的教堂内听摇滚，摇滚听到死。

后来他轻描淡写地对我说过一句话，他说，你看，你还是要向很多东西妥协。

他很随意地说说，可是我却认真地难过。

后来颜叙毕业了，Fox 离开了，林岚消失了，而我上高三了。

后来，每次我用到这个词语我就很难过，多么无奈的一个词语，后来。

颜叙去了他心目中的中央美术学院，在里面过着与画板和摇滚乐相依为命的生活。他总是保持着三天一封信的速度将信寄到我的家里，每次我都拿着他的信走进那扇生锈的铁门穿越青石板的院子走上二楼，然后展开他的信，看完之后就将它们放进抽屉。

颜叙的信总是被我一遍一遍地读，读到几乎可以背下来。就像以前读 Fox 的信一样，我就这样一边听着他对我说北京的音乐和北京的画一边过着我的高三生活。

我收起了那些 Fox 寄给我的杂志，如同收起了一个不醒的梦，我将它们装在一个黑色的盒子里，我知道它们喜欢黑暗的地方。我剪掉了遮住眼睛的头发，一脸干净地走在校园里面，我不再半夜翻铁门出去在空荡荡或者拥挤的大街上晃到凌晨晃到天亮。曾经有一次我半夜醒来，我想出去，我穿好衣服翻过铁门，可是当我准备从最高处翻到另一面的时候，我突然就没有了冲动，我望着脚下黑色的地面不知道该跳还是不跳，我似乎听到颜叙在外面叫我的声音，可是我明白其实外面一个人也没有。

结果我还是没有出去，可是那个晚上我就失眠了。我坐在台灯下给颜叙写信，用黑色的钢笔，写漂亮的歌词，一大段一大段没有尽头，信的末尾我画了很多残碎的花瓣，还没有画完我就哭了。眼泪掉在信纸上，让那些英文不再清晰。

写完之后我就拿出本英语题库，随便翻开一页就开始做，ABCD 飞快地写着答案，那天我一直做到天亮，可是我还是不想睡觉，当天蒙蒙亮的时候，我拿着笔对着窗外渐渐消散的黑色说，看，一天又这么过去了，然后我想起了曾经在我楼顶上彻夜跳舞的颜叙，我抬起头，可是再也看不见那些柔软的灰尘从上面慢慢地落下。

Where were you when I was burned and broken? Where were you when I was hopeless? Because the things you say and the things you do surround me.I was staring straight into the shinning sun,lost in thought and lost in time.

Fox 在他的论坛上消失已经半年了，我知道他的离开，他现在也许在英国长满香樟的干净的漂亮街道上行走，穿越地面潮湿贴着金黄色落叶的街道，看见五彩缤纷的英文广告牌，看见他曾经写给我的那种漂亮的圆体字，听各种原版没有任何中文的 CD，只是没有再给我写信。我不知道他现在过得是否快乐，不过我想应该很幸福。

后来，后来，Fox 给了我一个电话，在凌晨的时候，而我早就睡下了，因为第二天要考试。我拿起电话听到信号极其不好的嘈杂的声音，然后听到一个人不断用询问的语气叫我的名字：晨树？晨树？我握着电话，一时间觉得时光倒转，光阴像潮水一样哗哗地向后退，我一字一句地说：我是晨树，你是不是 Fox？

我问他是不是 Fox，就像我当初在大街上问那些背着黑色吉他的人一样。

然后我听见了他在电话里面的笑声，他告诉我他在英国，生活很好，不要为他担心。他说他现在安定下来了，可以重新给我寄信寄杂志，他说你会闻到漂洋过海的CD是什么味道,他说那里有很多摇滚的海报,精致得我无法想象，他说那里的地铁站里有数不清的摇滚乐手，披散着头发，自由地歌唱到天亮，他说他的房间的地板上堆满了散落的碟片，像我曾经告诉他的林岚的地板一样,他说他写了很多信给我,现在开始慢慢地寄过来,他要我代他向颜叙问好，还问我们是不是还是半夜翻铁门出去在冷清的大街上走路。后来信号就莫名其妙地突然断掉了，一下子整个房间就安静下来，而我想说的话也没有说。

其实我只是想对他说不用给我寄CD和杂志了，真的不用了，因为我现在高三了，我在用心地念书。

放下电话我就再也睡不着，我起来光着脚在地板上来回地走，地板干净而冰凉，没有任何灰尘。我抬头望了望天花板，我想看看上面还会不会掉下灰尘，想看看一个已经没有人的房间会不会再响起跳舞的脚步声，响起颜叙曾经反复唱过的平克·弗洛伊德的*A Great Day For Freedom*.

On the day the wall came down.They threw the locks onto the ground. And with glasses high we raised a cry for freedom had arrived.

我成了一个真正的好孩子，每天背着双肩包顶着简单而纯色的头发穿过校园，频繁地进出图书馆，安静地做题。只是我的书包里还装着颜叙写给我的信，一封一封沉甸甸的信。有时候我会打开来，然后十秒钟看掉一页的速度迅速地阅读那些早就烂熟于心的句子和歌词，就像我曾经迅速地哗哗地翻Fox寄给我的摇滚杂志。

有天放学的时候我经过音乐教室，看到门口有张海报，上面的内容告诉我里面正在开一场关于摇滚的讨论会，我犹豫了一下最终还是伸手推门走了进去。可是三分钟之后我就出来了，因为我坐下来就看到一个讲着粗话额前染着蓝色头发的男生坐在桌子上说他最喜欢的摇滚乐队是零点乐队，周围有一些小女生仰着头认真地看着他。我在后面安静地笑了，那个男的望着我不屑地说，你笑什么？你知道谁是迪克牛仔吗？你知道谁是臧天朔吗？他妈的你们这种被老师捧在手里的人怎么会知道什么是摇滚乐？我笑了，我说我真不知道，平时也就只听听刘德华。然后我转身离开。

关上音乐教室的门的时候我莫名其妙地笑了，我问自己，我看起来真的是个好孩子了吗？我抬起头，看到天空苍茫的颜色，我想，我曾经张扬的样子，我身上那些曾经尖锐的棱角，是再也不会出现了。

然后我背着书包很快地走回了家，回到家的时候才六点，教堂的钟声都没有敲响，鸽子也还没有开始寂寞地飞行，我放下书包，开始做一张很大的数学试卷。

没有考试的晚上我依然睡不着觉，喝一口咖啡就整晚整晚地做习题。

Fox 的包裹开始陆续地寄来了，里面的杂志精美得超乎我的想象。我翻着光滑的铜版纸看着那些漂亮的 CD 封面和那些诡异的文身，安静地喝水，然后认真地做题，累了就又翻翻杂志，或者给颜叙和 Fox 写信，凌乱地写在草稿纸上，可是从来都没有寄出去。

而 Fox 寄过来的 CD，我一张也没有听过，全部寄给北京的颜叙了。收到那些原版的 CD 颜叙高兴得像个孩子，在电话里明朗地笑。颜叙告诉我他总是听着我寄给他的 CD 走在北京古老的街道和各种酒吧中，也走在北京拥挤而嘈杂的地铁站里和行驶的轰隆隆作响的地铁上。他说，原来你没有妥协，还在听摇滚乐，而且听的碟比以前的更好。

每次他在信里这么说的时候我就特别地难过，我想告诉他，其实我早就妥协了，可是一直没机会说，颜叙也一直不知道，还有 Fox 和林岚。Where have you gone?

在颜叙高三的日子里，我还在高二，那个时候我无法想见高三对于我们意味着什么。只是我看到颜叙的眼神中总是有些愤怒。

而现在是我高三了，颜叙在北京的冰天雪地里画寂寞的雪景。

颜叙离开之后我开始有一个梦境，那个梦境来源于林岚家墙上的一幅画，那幅画是一些蹲在地上准备起跑的人，尽管他们都望着前方，可是他们全部没有眼睛，只有空洞的眼眶。那个画面在我的梦境中就变成了我身边的人蹲着准备起跑，有颜叙，有林岚，有 Fox，还有我，每个人都准备出发，可是一直也无法动弹。每个人都在说话，可是说的都是同样的一句话，一直重复一直重复。

那句话是：让我离开。

我在以后的日子中，特别是在失眠的晚上，我总是对自己说，过了这个 7 月，让我离开。

我放 CD 的抽屉已经没有一张 CD 了，我将它们全部放进了衣柜顶上的一个木箱中，就像是当初颜叙来我家的时候将 CD 全放在箱子里面一样，我总是告诉自己过了这个 7 月，我就会出发，带着我的 CD，去我想去的城市，住在木质阁楼里，每天在楼上跳舞，抖落灰尘。

那天爸爸看见这个木箱的时候问我里面装的什么，我想叫他不要拿下来，可是已经迟了，木箱从上面掉下来，里面的 CD 摔在地板上。我看着那些蒙了灰尘的碟片上的疼痛的刮痕，心里狠狠地痛起来。

今年的冬天对我来说意味着各种各样的奇迹，先是 Fox 开始频繁地打电话给我，他几乎每个星期都会有电话，每次我在台灯下面飞快地写试卷的答案的时候，我手边的电话就会响起来，然后显示一个很长的号码。我知道那是 Fox。他说他的屋顶上现在已经积满了厚厚的雪，像住在童话中的白雪屋子里一样，他笑的声音让我想起那天缠着我讲童话的五岁的弟弟。每次他打来电话的第一句话就是你在听什么歌？然后我就答不出来，看着寂静空旷的房间心里有隐约的难过。那些曾经整夜整夜如水一样弥漫在我的房间中的音乐就这样悄悄地退去了，没有留下任何痕迹。而我的青春、我飞扬的岁月也就这样流走了。

第二个奇迹是我突然收到了一封寄自新疆的信，信封上除了我的地址之外就只有两个字，两个黑色漂亮的钢笔行书，可是就是这两个字，让我几乎难过得哭出来，那两个字是：

林岚。

信封里有很厚一沓相片，里面的林岚笑容灿烂，清澈如同溪涧。她坐在空旷的草原上，野花从她的脚下一直烧到天边，她的面容清秀如同初中的时候一样，长长的头发在风里纠缠在一起，白色的衣服，黑色的鞋。

她在信里说，她一直住在新疆，因为她回到她妈妈身边了，她说其实她没有自己想象中那么坚强，可以一个人生活直到死去，她对我说，晨树，我走的时候甚至没有对你说再见，因为我怕自己要难过，因为你是我在那个学校唯一的朋友。她现在依然爱着那些有着美丽色彩的画，一幅一幅地挂满了自己的房间。

里面有张照片是林岚站在一条延伸的铁轨上照的，照片上她指着那条黑色的铁轨安静地笑。照片背后她用漂亮的行书写着：这条铁路可以通到你现在的城市，我曾经的家。

我对着那条铁轨一直看一直看，看到眼睛都痛了，可是那条铁轨延伸到地平线的时候，还是跌落了下去，我的视线被残酷地挡回来。

最后一个奇迹发生的时候同时发生了另外一个奇迹，我的城市几乎不下雪，可是这个冬天居然下雪了。雪花弥漫在天空里面，然后我看到飞机降落，然后颜叙的笑容舒展在我面前，他对我说，晨树，我回来了。

颜叙回来的那天我旷了一整天的课，第二天去上课的时候我一直在编造借口，可是当我跨进教室的时候老师马上关切地问我昨天是不是生病了，还叫我在家多休息两天。那个时候我难过得要死。

颜叙依然留着遮住眼睛的头发，依然是黑色的长风衣，笑的时候依然会将一个嘴角斜斜地上扬，桀骜而又明朗。可是我的笑容已经让我的所有长辈评价为温文尔雅了。我想我真的变成了一个好孩子。也许我应该高兴。

颜叙在我的房间里走动，他四处看了看之后说，没怎么变嘛，还是老样子。他说房间里怎么这么安静，放点音乐啊，然后他拉开他的背包取出几张CD兴奋地对我说，这是买给你的，我很喜欢，你也会喜欢的。然后他拉开我的抽屉，然后我们两个人一起沉默。

那些数学题典英语题库在台灯软弱的光芒下耀武扬威地望着我，颜叙也望着我，我低下头来，没有说话。

颜叙，不要望着我，不要望着我，我在心里对自己说，过了这个 7 月，让我离开。

颜叙说，我们上去看看我的房间吧，有人住吗？我说没有，走吧，上去看看。

房间里因为长时间没有住人，弥漫着一股陈旧的味道和木头散发出来的潮湿的清香。颜叙在房间里兴奋地走，边走边对我讲话，他说你看这面墙上我写了好多的歌词，几乎都是我躺在床上听歌的时候写下的，你看窗子上面的那根丝，其实那是我断掉的吉他的琴弦。

颜叙转过身来，对我说，以前我就是一直在这个房间里放音乐，然后就在黑暗中在地板上整夜整夜不停地跳。

我笑了，说，然后开始有柔软的灰尘整夜整夜不停地从我天花板上掉下来。

颜叙说，走吧。

我问他，去哪儿，问完之后我就懊恼得要死。我突然想起以前我们半夜出去的时候都是这样，颜叙说走吧，然后我就起来出门。

颜叙沉默了一会儿，说，出去随便走走。

我点点头，说好。

翻过铁门的时候我的风衣被铁条钩住了，跳下来的时候我听到布料撕裂的声音。

我又走在了空旷冷清的街道上，在一个路口遇见了一个二十四小时的超市，出来的时候捧了杯冒着热气的咖啡。

颜叙没有说话，我也没有。在经过建国路的时候一个背着黑色吉他的男孩子从我们身边经过，他走过去了很远之后颜叙停下来问我，他说你为什么不问他是不是 Fox，我望着他张着口说不出话。颜叙一个人朝前面走去，他没有回过头，他背对我说，也许那个人，就是 Fox。

在凌晨五点的时候，我们走在一条安静而空旷的街上，两边是安静高大的梧桐，光秃秃的枝丫斜斜地撑开来，越过我们的头顶。颜叙看见一个电话亭，于是他笑着对我说，走，我们去打电话，对朋友们说晚安。

我问他，你要打给谁?

颜叙想了想说打给你的同学吧。

我停下来望望天空，上面黑得如同最深的峡谷，我说，不用了，他们已经起床了，现在也许在看外语或者数学。然后我一个人难过地向前走。

这个冬天结束的时候颜叙就离开了，他走的时候我们已经开始上课了。那天我没有去送他，我坐在教室里看一本厚厚的参考书，也没听老师讲课。可是上完第一节课之后我还是去了飞机场送他离开。可是我没有见到他，只听到飞机起飞时巨大的轰鸣，声音从天上掉下来，砸在我的头盖骨上一直震。我观望着颜叙的离开，书包里装着今天刚发的试卷以及二十八页的物理知识总结，还有我所谓的沉沉的希望。

我闭上眼睛，然后想起前一天晚上颜叙拍着我的肩膀对我说，晨树，过了这个7月，你就可以重新笑得像个真正的孩子了。而我站在窗子旁边，当天快亮的时候，我对颜叙说，你看，一天又这么过了。

我对自己说，过了这个7月，请你让我离开。

回去的路上已经燃起了灯，黄色昏黄的街灯一点一点地漫到街上，我经过一家音像店的时候听见里面在放麦田守望者的那首缓慢迷幻的《时间潜艇》，那个男声对我唱：看，窗外的鱼，排成队，往前追。我站下来听了很久，然后离开。离开的时候那首歌放到了最后，一个梦呓般模糊而脆弱的声音在唱*Dreams come true*。

黑色的风突然就灌满了我的风衣。

我仿佛又看见了在黑暗和寂静中跳舞的颜叙，在十字路口写生的颜叙，和我一起翻过铁门走在空旷的大街上的颜叙，和我一起去教堂听摇滚乐的颜叙，和我一起听钟声响起来看鸽子飞舞的颜叙，看见天花板上掉下的柔软灰尘，我看见了林岚坐在散落了无数碟片的地板上，看见了她在草原上奔跑，

长江文艺出版社有限公司北京图书中心•上海最世文化发展有限公司出品

北京长江新世纪文化传媒有限公司总发行

青春文学

悲伤逆流成河（新版）	郭敬明	25.00元
幻城	郭敬明	23.00元
夏至未至	郭敬明	26.80元
小时代1.0折纸时代	郭敬明	29.80元
小时代2.0虚铜时代	郭敬明	26.80元
小时代3.0刺金时代	郭敬明	32.80元
临界·爵迹Ⅰ	郭敬明	19.80元
临界·爵迹Ⅱ	郭敬明	22.80元
爵迹·燃魂书	郭敬明	18.80元
最后我们留给世界的	郭敬明	39.80元
这些都是你给我的爱	安东尼	24.80元
这些都是你给我的爱2，云治	安东尼	32.80元
红-陪安东尼度过漫长岁月Ⅰ	安东尼	28.80元
橙-陪安东尼度过漫长岁月Ⅱ	安东尼	28.80元
西决	笛安	22.80元
东霓	笛安	26.80元
南音（上）	笛安	24.80元
南音（下）	笛安	24.80元
告别天堂	笛安	22.00元
芙蓉如面柳如眉	笛安	24.80元
妩媚航班	笛安	28.80元
不朽	落落	22.00元
须臾	落落	24.80元
尘埃星球（新版）	落落	22.80元
年华是无效信	落落	24.80元
千秋	落落	28.80元
万象	落落	39.00元
剩者为王Ⅰ	落落	25.00元
剩者为王Ⅱ	落落	25.00元
迷鸟守则	天宫雁	22.80元
依存免疫变态	天宫雁	22.80元
鲸鱼星之夏	天宫雁	22.80元
下一站·济州岛	郭敬明	29.80元
下一站·神奈川	郭敬明等	26.80元
下一站·台北	郭敬明等	29.80元
下一站·吉隆坡	郭敬明等	29.80元
下一站·伦敦	郭敬明萧凯茵等	26.80元
天鹅·光源	恒殊	24.80元
天鹅·闪耀	恒殊	24.80元
天鹅·余辉	恒殊	29.80元
小祖宗1.0魔术师	自由鸟	24.80元
小祖宗2.0命运之轮	自由鸟	24.80元
小祖宗3.0世界	自由鸟	24.80元
往事		24.80元
南法航线	Pano	28.80元
160 170 180	陈晨	26.80元
南方旅店	林培源	22.80元
花与灼眼之爱	琉玄	22.80元
光与专属少年	琉玄	22.80元
你可以爱我	琉玄	26.80元
秘境之匣	陈奕潞	22.80元
2037化学笔记	陈奕潞	26.80元
杀手婚礼之路	冯天	22.80元
职业规划局	冯源	24.80元
没有死亡的命案	雷文科	24.80元
我在你遥远的身旁	雷文科	24.80元
宅不宅之暴走香港	琉玄	22.80元
宅不宅之玩转东京	琉玄	22.80元
直到最后一句	卢丽莉	24.80元
蔷薇求救讯号	卢丽莉	26.80元
封神	罗浩森	22.80元
被窝是青春的坟墓	七堇年	22.00元
澜本嫁衣	七堇年	19.80元
大地之灯（新版）	七堇年	24.80元
全世爱	苏小懒	18.80元
全世爱Ⅱ·丝婚四年	苏小懒	22.80元
鸵鸟座	孙晓迪	22.80元
荒潮		24.80元
恋爱习题与假面舞会	爱礼丝	22.80元
阴阳	包晓琳	24.80元
浮世德	陈晨	24.80元
燃烧的男孩	李枫	24.80元
召唤喀纳斯水怪	李枫	24.80元
没有故乡的我，和我们	李茜	26.80元
出永安记	李田	22.80元
蒹葭往事	林汐	22.80元
东倾记·神启	琉玄	24.80元
东倾记·啸世	琉玄	24.80元
冬至线	天宫雁	22.80元
任凭这空虚沸腾	王小立	22.80元
又冷又明亮	王小立	24.80元
有声默片	吴忠全	24.80元
昔夏杉树镇	肖以默	24.80元
时雨记	肖以默	24.80元
楼上的女儿	颜东	22.80元
午时风	野象小姐	24.80元
白夜森林	野象小姐 舞小仙	38.80元
北城以北	余慧迪	24.80元
万能胶片	余慧迪	24.80元
最后一只猫	张喵喵	24.89元
遗迹·凝红	自由鸟	24.80元

原创漫画

青春白恼会(1)/（6）	千魇,爱礼丝,阿敏	10.00元
青春白恼会(7)	阿敏	12.80元
小时代1.5青木时代(1)/（4）	郭敬明 猫某人 陌一飞	14.80元
小时代2.5锋银时代 VOL.2/VOL.4	郭敬明	14.80元
受不了RELOAD · 1/RELOAD · 3	丁东	10.00元
小祖宗Volume 01/03	自由鸟 夏俊	10.00元
《艾莎的森林》上/下	张晶	16.80元
梅兰芳卷一梅之卷	林莹	16.80元
梅兰芳卷二兰之卷	林莹	16.80元
梅兰芳卷三竹之卷	郭敬明	14.80元
梅兰芳外传-再见梅兰芳	林莹	16.80元
《诡迹》上/下	郭敬明	14.80元
健身D日记/VOL.2	席滢	19.80元
下垂眼	王小立	10.00元
下垂眼.VOL2	王小立	14.80元
爵迹回格	郭敬明	22.80元
收纳空白	年年	36.00元
N.世界	年年/郭敬明	38.00元
爵	王浣	58.80元
纯禽史：辞职前我都干了些什么	叶阐	24.80元
二秃子！不许笑！		29.80元
妖精的尾巴(1)/（16）	真岛浩	10.00元

期刊

最小说	郭敬明	15.00元
文艺风象	落落	16.80元
文艺风赏	笛安	16.80元
最漫画	郭敬明	10.00元

头发向后在风中飞扬，野花沿着她跑过的痕迹一路绽放，看见她指着一条黑色的铁轨说，你看这条铁路通向你的城市。我仿佛听到 Fox 张扬的声音，看到他背着黑色的吉他穿越一个个城市的样子，听见他写摇滚乐评时敲打键盘的清脆的声音，看见他在英国的地铁站里听那些披散着头发的歌手自由歌唱直到天亮。

一个背着黑色吉他的男孩子从我身旁走过去，擦肩而过的时候他响亮地吹了声口哨，我想停下来，可是却不知道停下来干什么，于是只有盲目地继续走。

那个晚上我就那么一直走走走，一直走到天亮，满心难过，没有方向。

当光线刺破天空的时候，我停下来，我抬起头对天空说了句晚安，可是我却不知道我在对谁说。我想那就给全世界吧。

可是那句晚安升到半空，却又掉了下来，因为没有翅膀，无法飞行。说给全世界听的晚安，最终还是掉下来，砸在我一个人身上。

天亮说晚安 2

——带我回家

我叫晨树，我在新疆长大。很多时候我行色匆匆地穿越着不同的城市。可是内心依然没有方向，如果有一天你在地铁站火车站或者马路边看到一个背着黑色的登山包的孩子，一个眼神清亮可是笑容落寞的孩子，那么请你试着叫我的名字，叫我晨树，我会转过头来对你微笑，然后对你说，请带我回家。

我叫晨树，从小在新疆长大，现在生活在中国的西南角。我小时候总是在两个省之间频繁地穿行，火车绿色车窗圈住的风景成为我童年最深刻的记忆。墨绿起伏的安静山脉，金黄色的麦田中突然腾空的寂寞飞鸟，飞逝的灰铁站牌，站台上陌生的面容，还有，进入新疆时大片大片的沙漠，一眼望不到边。偶尔会有一棵树在很遥远的地方孤单地站立着，一个人，无依无靠的样子。

小的时候这些画面就开始印在我的脑海中，只是那个时候什么都不明白，而现在，一想起总会有点恍惚的难过。有时候我一个人走在路上，我都会突然停下来低低地念一声：新疆。然后笑笑继续往前走。

很少有人知道我是在新疆长大的，每当听到别人讲新疆的时候我总是觉得很温暖，有时候我会告诉他们我就是在新疆长大的，而有时候，我就只是坐在旁边安静地听他们讲，听到一些熟悉的生活就会心地笑，和所有听故事的人一样。

我墙上所挂的那幅挂毯是一个外国人送给我的，他去新疆旅行的时候买的，后来遇见我，我替他指路，然后他对我说谢谢，笑容单纯清澈。他说他要将挂毯送给我。回家后我将那块挂毯挂在了墙上，然后看见从里面不断掉落出细而柔软的沙子。我知道那是新疆连绵不断的沙漠中的沙子。

你给我一滴眼泪，我就看见了你心中全部的海洋。

我认识的人当中旅行次数最多的人是齐勒铭，因为他的所有的生活几乎都是旅行。他曾经告诉过我他也许一辈子都会在路上，一直走一直走，走到走不动那天倒下来，安静地死掉。他是我以前的朋友，初中的时候我们一起听摇滚CD，听到毕业的时候他就突然消失了，然后我开始不断收到他写给我的信，天南地北的邮戳不断出现在我的信箱中，我抚摸着那些花花绿绿的邮票，心里念：齐勒铭，你现在在哪儿?

我总是将齐勒铭的信放在一个档案袋里，然后编号，分类，像是看精彩的旅行杂志。我不像他，我还有我的学业，所以我只有在放假的时候才会出发，而其余的日子，我就只能日复一日地等待齐勒铭远方的信笺。偶尔看看明朗的蓝色的天空，想着齐勒铭你现在在哪里?

曾经我和齐勒铭是全校最顶尖的学生，我们在晚上听各种各样的CD，然后在考试中拿最高的分数。只是我们有点不一样，我有最完美的家庭，可是他，用他的话来说就是“我只有妈妈，而且都不知道她愿不愿意当我的妈妈”，我清楚地记得他说这句话时脸上忧伤弥漫的笑容，我看到他转过头去，之后就一直不说话。那是在他家门口，我们两个就一直站在梧桐浓密的树荫下，阳光从枝叶间跌落下来，在他黑色的头发上四散迸裂。然后他说他进去了，当他打开门的时候我看见了他的妈妈，气质高贵可是面容冷漠，她正要出来，她和齐勒铭擦肩而过的时候竟然没有一句话，我沉默地站在那里看着齐勒铭静静地关上门，然后齐勒铭的妈妈从我身边安静地走过去。

他们家很大很富有，甚至有自己的花园和门卫，可是站在他家门前的那一刻，我觉得莫名其妙地难过。

小A是我从小到大的朋友，我们像是兄弟一样，甚至比兄弟都要好。

我总是拉着小 A 天南地北四处乱跑，而他总是笑眯眯地跟着我疯，我记得有一个暑假离开学只有十天的时候我拉着他去了西安，那个有着古老城墙的城市，会在夕阳下让人想起过往的城市。

我记得我们到达的时候已经是暮色弥漫了，昏黄的夕阳渐次延展穿越城市微微发烫的地面，我和小 A 提着简单的行李走出火车站，耳朵里充斥着完全听不懂的外地口音和爽朗的笑声，一对恋人手牵着手从我们旁边走过去，我开始自由地融入这个城市，像是一直生活在那里一样。那天晚上我经历了一件奇妙的事情，我推开旅馆窗户的时候看到有个人在颓败的城墙下面吹埙，恍惚苍凉的声音中，我看到那个人的面容，有些苍老但是很精神也很明朗，棱角分明，他一个人安静地站在那个地方，像是一幅年代久远的画，绝美得如同遗落的风雨飘摇的宋朝。我叫小 A 过来看，他走到窗户边上的时候低低地说了声哦，然后就没有了声音，我和他就在那里一直安静地看着那个吹埙的人，一直看到星光如扬花般落满肩膀。

梦里思大漠，花时别渭城。长亭，咫尺人孤零，愁听，阳关第四声。且行且慢且叮咛，踏歌行，人未停。

我和齐勒铭的出发时间总是错开，当他要出发的时候我总是在上课，而我要出发的时候，他已经在路上，前往下一个驿站。他总是称每个城市为驿站，我问他，那你觉得哪儿是家？他告诉我，不知道，正因为不知道，所以我在找。我问，如果找不到呢？他笑笑说，那就一直找。

唯一一次我和齐勒铭一起去的地方是四川的边界，一个人烟很少的地方，没有人把那儿当作旅游景点，可是齐勒铭会。他在一本杂志上看到一个当地的人写他生活的地方，还配有照片，于是齐勒铭就决定去了，因为他喜欢上了其中一幅照片上的风景，一大片灿烂的金黄色的向日葵，铺天盖地地蔓延，像是流淌的阳光，浓郁而且散发出摩卡咖啡的香味。当我收到他的电子邮件的时候我刚刚放暑假，于是我告诉他，你要回我的城市，接我。

那个地方很小很偏僻很落后，而且没有旅馆。可是我觉得很平静也很安静，一个地方只要人不多不吵我就能忍受。而且那里的风景很美。那些树都是很安静的样子，朴实而且淡定，像山水画介于泼墨与工笔之间的状态，像是蒙了一层江南厚厚的水汽。我和齐勒铭走在那些年代久远的青石板路上，有炊烟从两边的木房子中飘出来弥漫在长长的巷道里，带着世间甜腻而真实的味道。齐勒铭对着路边一只懒散的狗做鬼脸可是那只狗不理他，然后我看见他懊恼得像个孩子。

遇见一座长满青苔的石桥，我们走过去，走到中间的时候我觉得时光倒流我像是个宋朝的词人，身着长衫迎风而立。

我们试图找到那个写文章的人，可是只找到了照片上的那间草房子，一座我见过的最大的草房子，窗棂上门上落满了细小的灰尘，用手拂开的时候会留下清晰的痕迹，柔软而细腻。我们在房子前面站了很久，看了那棵开花的树很久，安静地笑了很久。

齐勒铭，你是不是很快乐？

你觉得我快乐吗？他转过头望着我，笑容像个天真的孩子。

于是我点点头，因为我相信他是真的快乐的。

离开的时候他在那条巷子的青石板路上玩起了跳格子，手舞足蹈，如同一个长不大的大孩子。

那天晚上我们睡在一块厚厚的草地上，晚上齐勒铭裹着睡袋坐起来和我聊天，像个很大的粽子。我很开心地笑，然后叫他，喂，大粽子。

那天晚上天空挂满星斗，黑色的云被吹到看不见的远方。

我说，齐勒铭，你知道我现在在想什么吗？他问，想什么？

我说我想起了日剧。

他向后倒像要昏死的样子，说，你真是……真是……

我说，我只是想起了一句台词。

他问我什么台词。

我笑了，我回答他，总有一天，星光会降落到你的身上。

东边路、西边路、南边路，五里铺、七里铺、十里铺，行一步、盼一步、懒一步。霎时间、天也暮、日也暮、云也暮斜阳满地铺，回首生烟雾，兀的不、山无数、水无数、情无数。

那天齐勒铭的笑容印在我的脑子里，刻得那么深，也许永远也不会消失。

那是我看过的他最快乐的面容，而以前，我总是看到他听摇滚时冷漠的面容，一直看到他初中毕业后突然离开。

齐勒铭本来和我一样向着大学平稳挺进，没有什么好值得担心。可是在初三的那个冬天，在一个寒风灌满了整个城市的晚上，他给我打电话，他说我现在在街上，你可不可以出来陪我走走？那个时候我在颜叙的楼上，我在看他画画，然后我看电话上显示的时间，凌晨一点。电话里齐勒铭的声音让我害怕。我对颜叙说出事了，我们出去。

颜叙和我翻过铁门去齐勒铭告诉我的那条街，然后我看到他坐在路边，将头埋在两个膝盖中间。他靠着一盏路灯，微弱的黄色灯光从他头顶上洒下来，笼罩着他，光线中，有无数的飞蛾。

我脱下风衣递给他，我说，你要干什么？

他抬起头，看着我，没有说话，可是我看到他的样子都像要哭出来了。

那天晚上我们在大街上走了一夜，其间颜叙拿出 CD 机问他你要不要听 CD？他摇摇头。我们进了一家很小的超市可是还是买到了咖啡，有一个瞬间我看见齐勒铭在喝咖啡的时候有滴眼泪掉进了杯中，可是我没有说话，我装作什么都没看见。

当天快亮的时候，他还是对我说了。他说他回家的时候发现用自己的钥匙居然打不开自己家的门，然后他听见房间里发出一些刺耳的声音。

我和颜叙最终还是将他送回了家，他站在他家花园的铁门前面，手放在门铃上没有落下去。最后还是颜叙帮他按的门铃。我和颜叙看见门卫开了门，然后齐勒铭走进去，打开门，他的妈妈站在他的面前，望着他。然后齐勒铭从她旁边安静地走过去。

天已经亮了，我和颜叙离开的时候我忘记了有没有对他说晚安。

第二天齐勒铭没有来上课，第三天他来的时候对我说，我不想念书了。

我没有劝他，我知道他的决定不是我能够动摇的，于是我问他，你想干什么？

我不知道，不过我还有半年的时间可以想我应该干什么。他说话的时候眼睛一直望着窗外的天空，我不知道他是不是在看那些寂寞的飞鸟。

后来我毕业了，当我毕业的时候就突然消失了两个人，林岚和齐勒铭，初中我最好的两个朋友。

只是很快我就收到了齐勒铭的信，邮戳是海南。

他说他知道了自己想干什么，那就是一直走，寻找哪里是他的家。

从那之后他就一直给我写信。他寄给我的信从来就没地址，所以我只能在 E-mail 里将我的话说给他，可是他不是经常上网。于是我就只有处在被动的地位，听他讲西藏的雪和新疆的沙。

齐勒铭的妈妈曾经找过我，那天她穿着黑色的衣服，眼角已经有了皱纹，我发现了她的衰老和憔悴。她问我知不知道齐勒铭去了什么地方，我说不知道，我没办法和他联系，只有他联系我。我将那些信拿给她看，然后看到她的眼泪大滴大滴地落下来砸在信封上面。她说了句对不起，然后就转身离开了。

从那天起我明白原来齐勒铭真的离开了，在一封邮件里我问他，你旅行和生活的钱从什么地方来？他告诉我，他在各个地方做不同的工作，然后存钱，存够了就出发，又去另外一个地方。他告诉我他在海南做过酒吧的服务生，在西安做过临时的建筑工人，在北京卖过 CD，在乌鲁木齐送过牛奶，他说他总是五点就起床，然后开始工作。我问他辛苦吗？他回答说他很幸福。

我想象着在天还没亮的时候骑着车穿越街道送牛奶的齐勒铭的样子，头发飞扬在黑色的风里，脸上有满足而单纯的笑容，吹着响亮的口哨，口袋里装着 CD 机，里面转动着节奏迅速的摇滚。

我也开心地笑了，我想对他说，勒铭，晚安。

那天晚上我做了个梦，我梦见自己站在一面墙的前面，墙的另一面，齐勒铭骑着自行车穿行而过，他嘹亮的口哨声穿越墙壁散落在我的脚边，可是我望不见他，只能隔着墙壁观望他的幸福。

我在网络上认识了两个很爱旅行的人，一个是黄药师，一个是清和。

我和黄药师的交谈总是平淡有时甚至相当短促，可是我们的关系异常坚固。因为他是唯一一个可以和我两个小时不间断地谈电影的人。他说，我们势均力敌。

有一次在谈到王家卫的时候我问他，知不知道《东邪西毒》中黄药师最爱喝的东西是什么？

一种叫醉生梦死的酒。

这种酒最大的好处是什么？

对过往遗忘的彻底性。犹如迪诺的小提琴，所过之处，一片措手不及的荒芜。

黄药师，你是个有着黑色过去的人吧？

晨树，你只是个高中生，有些事情你永远也不会明白，至少是现在的你不会明白的。

黄药师，你不要小看我，有些事情我不讲出来并不代表我不知道，只是对自己或者对别人有所顾虑。其实你也应该像真正的黄药师一样，喝一坛醉生梦死，然后再在这个世界轰轰烈烈飞扬跋扈地纵横五十年。

晨树，不要忘了我有专业调酒师的执照，可是那种醉生梦死我调不出来，我想也没人可以调出来。

那你知不知道这个世界上有个地方，古人说那里浮云无法掠，飞鸟无可渡。

你是说忘川？飞过了忘川又怎么样？忘不掉的还是忘不掉。我去过中国最西边的喀什、最南面的三亚，我想把那些曾经纠缠在我梦境中经久不灭的幻影统统遗忘在天涯海角，可是它们全部跟着我跑回来，在我的梦境和生命中继续纠缠，如同黑色的风，永远没有尽头地吹。1999 年末的时候我正在漠河，在那个冰天雪地的城市里面。那里有个很大的湖，可是地图上都没有标记。湖边有一个灯塔，已经荒废了很久，墙面斑驳，可以看到黑色的砖和那些残留的裂缝，到处都是尘埃。我站在灯塔里面，寒冷的风从四面八方涌过来，无边无际的黑暗在身边叫嚣着东奔西走，我倚在长满铁锈的栏杆上一句话都说不出来。当太阳升起来的时候我一下子就哭了，新世纪就这么来了，新世纪就这么到了，而我一个人孤零零地站在黑暗中迎接新的一百年。阳光在周围空旷的大地上践踏出一片空荡荡的疼痛，一瞬间我看到了自己的孤独，它竟然那么庞大。我就像是那只凤凰，五百年五百年地寂寞着。晨树，你知道朝阳下结冰的湖面是什么颜色吗？

蓝色？红色？我不知道。

看过的人永远也不会忘记，是黑色，无穷无尽的绝望和汹涌。你知道在新世纪的曙光中流泪的感觉吗？

不知道，而且机会已经错过，我无法等到下一个百年。

那种感觉就是没有感觉，因为眼泪一流出来就已经结成了冰。离开那个灯塔的时候我把自己的日记留在了那个灯塔里面，还有我发出白色光亮的手电。我不知道那些光线可以持续多久，但我希望另外一个看到灯塔的人会在黑暗中看到那点微弱的光。不过我想应该没有人可以找到那个灯塔了，所以我的往事也会永远地冰封在那里，没人可以触及。

我总是喜欢陌生的地方，陌生的城市陌生的街道，陌生的床散发的温暖。我觉得自己是在找一种可以抵抗麻木的无常和变数。我总是行走在这个城市不同的陌生的街道，看着陌生的门牌，想象里面的人的生活。日出而作，日落而息。或者同我一样，颠倒过来。我喜欢看着自己在大街上行走时留下的不清晰的轻微的脚印，然后看着它们被滚滚的人流喧嚣着掩盖。

那些流淌在街市上的所谓的人类的文明，车如流水马如龙，无穷无尽的广告牌，流光溢彩的宽幅荧幕，西装笔挺面容冷峻且麻木的男人一边匆匆地走一边用很低的声音埋头打电话，偶尔抬起头的时候可以看到他们空洞的眼神，我想那就是我以后的样子，想着想着就绝望。我记得村上春树的一句话：我就是那么地热爱绝望。

我有时候会莫名其妙地喜欢人多的地方，比如商场比如地铁站，我喜欢那些平凡的人所表现出来的生存状态，洋溢着俗世喧嚣而腻人的香味，然而我却总是无法融入其中，我总是无法避免地要抬起自己的头去望那个沉默的天空，然后听到飞鸟扇动翅膀时寂寞的声音。周围的悲欢离合生离死别都是别人的热闹，我的寂寞，在地下黑暗潮湿的洞穴里彼此厮杀。

我记得在离开西安的时候我满心喜悦地在地摊上买很小的兵马俑，准备拿回去送人，在我付钱的时候小 A 一直站在旁边不说话，直到火车离开的时候，他才在刺耳的汽笛声中缓慢地说，晨树，其实你是最怕寂寞的人。

陌生的人啊，请你停下你匆忙的脚步，我不认识你，但我看得懂你背着登山包时的寂寞的姿势。我知道你一直在走一直不停留，你想找到你生命中那个等待了你很久的驿站，也许是一个人温暖的眼神，也许是一个明媚的笑容，也许是一个宽厚得可以避风的胸膛，梨花落满肩头。可是在你没有找到的时候，请让我给你个休息的地方，因为我知道，你心里的疲倦。我知道你们纯洁的愿望，那就是找个温暖的地方睡觉。

每个旅行的人总是用自己的方式来见证在一个地方曾经留下的痕迹。我和小 A 总是在天亮的时候离开我们昨晚停留的地方。在我们把睡袋装进行囊之后，我们会对着那些空旷的峡谷、辽阔的草原、温柔的溪涧大声呼喊，然后对它们说再见。曾经有次我们离开一个山谷，我们的声音一直在那里飘荡，回声持续了将近一分钟，我和小 A 在我们自己说“再见”的声音中离开，走在微微消散的黑暗中，走在渐渐到来的光明里。

而齐勒铭总是将自己随身携带的 CD 碟片用线系起来，然后将它们挂在树上，他总是在那些树下面一个人说话，也许是讲给树听，说完之后他就背着行囊继续上路。头发飞扬在风里面，树上的 CD 碟片在风中轻轻地摇晃。那些说给树听的话，嵌在树的年轮中，随流年一点一点长成参天的记忆。

黄药师总是会留下自己的日记，他总是一边走一边写，然后离开一个地方就将日记撕下来留在那里。我曾经问过他，你写的那些东西你还记得吗？他说，不记得了。我说，那你还写它干什么？他说，写下来，就是为了遗忘。

而清和，总是有很多很多的地图。她每到一个地方总是会买张地图。我记得我去上海的时候她来接我的飞机，我们坐在计程车上，她拿出一张上海地图来看我们要去哪里。我记得当时我笑了，我说我好自卑，住在上海的人都买上海地图，而我，两手空空，什么都没有。

清和是我认识的很独立的女孩子，她告诉过我一些关于她在外面流浪或者说是行走的事情——一个人，单独地在路上。她对我讲她曾经拉着一棵树爬上一个小山坡，结果发现手上全是被压死的虫子，黄色的汁液粘在手上，没有水洗手，于是用塑料袋套住手然后吃面包。她说的时候像在讲一件很好笑的事情，笑容灿烂单纯如一个孩子。可是我知道她心里还是有不为人知的长满阴影的角落。她对她曾经在网吧里度过的没日没夜的六天轻描淡写，可是我知道那种压抑的状态，没有希望，没有方向。她对我讲起她旅行途中的事情，详细可是又简略，像是破碎的散文，一段一段跳跃。

当她讲的时候，我们行走在上海的凌晨的街道上，有些风，冷，可是人很清醒。我们走进一家很小的超市买了咖啡，当时我感觉像是和颜叙走路一样，只是我没对她提起。我忘记了是哪条街，只记得有几栋木头别墅，安静地站在路边上。然后我对她说以后我要住在这样的房子里面。我们一直走走到一个陌生的街心花园，看到几个恐怖的雕塑，路上我对她讲刘亮程，讲刘亮程文字中的大雪。

她和我一样爱用照相机照风景而不是照人，她告诉我曾经她见过的最美的风景，那是她在火车站的站台上，落日从铁轨的尽头落下去，天空全部被烧成红色，铁轨的尽头淹没在落日的余晖里。

我听着她讲话，然后安静地笑。

黄药师是个软件设计师，收入不稳定，时而暴富时而长期没有收入。可是他永远不会没有钱花。他不需要供养父母，相反他的父母会在他没有钱花的时候为他提供相当丰厚的物质保证。他总是在各个城市之间晃荡，认识他的时候他在上海，然后他一路游荡，笔记本电脑跟着他，他随时告诉我他在哪儿哪儿哪儿，杭州，北京，西安，拉萨，洛阳，开封，武汉，离我最近的时候他在成都，可是那个时候我在考试，于是我们还是没有见面。他总是喜欢从全国各地给我寄明信片以及关于电影的一切，比如《东邪西毒》的英译版海报，比如王家卫在电影学院的发言稿。最近他从 E-mail 里告诉我他在敦煌。

敦煌不是没有人烟吗？你在那里干什么？

你一定没来过敦煌。这儿也是车水马龙充满俗世迷人的香气，这儿不是世外桃源，这儿依然有为了几块钱而大打出手的街头小贩和为了几十块而陪陌生人睡觉的女人。那些人们深深信仰的东西早在几千年前飞天的飞天，羽化的羽化，剩下的雕塑没有灵魂。下次你来敦煌的时候，我带你去看飞天脸上呆滞的光芒。

中国文物保护协会和旅游协会的人一定恨你入骨。

呵呵，我一直觉得《东邪西毒》里的沙漠是在敦煌，我一直在这儿等待那些沉默的刀客。初六日，惊蛰，天龙；中煞，宜出行，忌沐浴。

所以你就一直待在那儿？如果那些刀客一直不出现呢？

我就一直待在这儿。

那么黄药师，你什么时候才回你那没有桃花的桃花岛？

也许永远也回不去了。欧阳锋不是也没有回白驼山庄吗？

也许你和他都会成为流亡者，从中原到边塞，满眼风沙。

黄药师说我对他的定位很准确——流亡者。我不置可否。其实我更像是在说自己。很早以前我就说过，我的生命是从一场繁华漂泊到另一场繁华或者苍凉，我停不下来。黄药师曾经对我说过他走到一个城市就会努力地去找让自己停下来的理由，可是依然没找到，目光看出去，到处是沙漠。那些在黄沙漫天的风中飘扬的残破的旗帜，像是心中一些绝望的标记，无法磨灭。

晨树，其实我们不一样，你比我幸福。尽管我们都无法到达彼岸，可是你起码知道你的彼岸在哪里，即使你无法泅渡，可是彼岸的焰火依然可以衣你华裳。可是我不一样，我是迷失了所有方向的人。你知道杜可风吗？

知道，王家卫的御用摄影师。

他曾经说过这样一句话：“我是个水手的后代，我不知道我的家和陆地在哪儿。”我是在《雕刻时光》中看到这句话的，它出现在杜可风的一本影像文学集上。你知道这是一种怎样的盲目和绝望吗？

我明白，就像传说中的那只最悲哀的鸟。

对，没有脚的鸟，一直飞到死，一直不停息。

我总是翻那些精致的旅游画册，翻到绝美的风景就剪下来寄给朋友。我总是喜欢那些小说中描写陌生城市的文字，它们总是让我感觉温暖。

比如我看到描写卡萨布兰卡的段落，卡萨布兰卡，一个北非偏西海岸的地方，一个摩洛哥境内的城市，一个讲阿拉伯语和法语的区域，一个离欧洲和非洲交界的直布罗陀海峡不远的地方，一个面朝大西洋有着磷酸盐矿产的领地。我看着这些文字总是在地理方面的联想中得到安抚，却完全忘记了在那儿曾经演绎过的爱情，英俊硬汉亨弗兰·鲍嘉，多情少妇英格丽·褒曼，永恒的分离，黑人钢琴师山姆弹奏的《时光流转》……

我曾经看到过一个电影画面，长达三分钟的镜头，全是描写布鲁塞尔机场飞机起飞时巨大的轰鸣，我对黄药师谈起这个画面，他对我说，那是《繁花满城》中的镜头，然后我想起了那部电影里所有昏黄的场景。

我曾经问过齐勒铭，我说你这样一直走会不会累，会不会寂寞？

他说其实一直旅行的人最寂寞，因为他们没有什么地方可以停下来，所以他们只有一直走。因为陌生的环境中，什么都是新鲜的，没有时间停下来让一切变得熟悉和无聊，最后就变成寂寞。

而清和告诉我，其实人们的漂泊还有个重要的原因，那就是离别。

我记得小许曾经对我说过一段话，那是一个人写的《小王子》的书评里面的内容：

在这个地球上生活的人们，每天只能看到一次落日，但他们仍然拥有在不同的地方看落日的自由，这或许是部分人漂泊的理由。离去，使事情变得简单，人们变得善良，像个孩子那样，我们重新开始。

《春光乍泻》里面，何宝荣总是说，黎耀辉，让我们重新开始。那个电影里面我最喜欢的是布宜诺斯艾利斯的瀑布，美丽忧伤如同情人的眼泪。电影开始的时候有段公路，笔直延伸，没有尽头。

而有些离开，却没有任何原因。我曾经有一个同桌，一个讲话声音都不敢过高的文静的小女生，家境富裕，父母总是给她大把大把的钱，可是却很少在她身边，因为他们总是很忙。于是她就离开了，离开了一个星期，在这一个星期中，她依然按时上课依然考试，因为她就住在离她家一百米的一家宾馆里面。每天早上她站在宾馆门口看她的父母行色匆匆地上车，没有任何异常，也许他们只是觉得她去同学家住几天，她总是在等待自己的父母开始寻找自己。七天之后这个女生回去了，没有对父母提到这次的离开，父母也不问，依然忙。她表面风平浪静的样子，其实我知道她内心的难过。当她告诉我这些的时候我看到了她滴下来的眼泪。

我将这件事情告诉清和，当我讲到我知道她心里很难过的时候，清和说，我也知道，那种感觉，很难过。

2002 年的冬天，我高中生活的最后一个冬天，小 A 去了日本，一下子隔了国境。我总是望着东边的地平线想象着他讲着低低的日语的样子，想象樱花落满他的肩膀。

突然想起小 A 会不会再背着行囊出发，去陌生的空旷的地方，走陌生的路，听陌生的语调；想起我和小 A 曾经差点死在一片空旷的平地上，那天我们睡下的时候离公路还有一段距离，可是第二天早上醒过来的时候发现身边全是车的轨迹。我吓得要死可是小 A 居然一直在笑。

我抬起头看天空，可是没有飞鸟的痕迹。

这个冬天下了一场大雪，一个晚上我在电脑屏幕面前和黄药师“讲话”。我问他你现在在哪儿，他告诉我他在大连。

黄药师，年尾又到了，准备去什么地方？

不了，也许今年我就待在这个城市静静地听下雪的声音。大连冬天的大海很漂亮，夜晚的时候会变成银白色，你可以来看看。

那个晚上我坐在电脑屏幕前面，看着黄药师打过来的字一行一行飞快地出现又飞快地消失，像是书写在水面的幻觉。我捧着手呵着气，看窗户上渐渐凝起霜花，屋外的雪漫天漫地地飘，我的心里一片铁马冰河的冲撞，听着一个来自大连的声音。

年末的时候齐勒铭给了我一个电话，他告诉我他在云南，那里好暖和，风都是绿色的。他说他奔跑在那些参天的绿树之间，像是大闹天宫的那只得意的猴子。然后我告诉他，我马上就是高三的最后一个学期了。我讲完之后齐勒铭就没有说话，我一瞬间觉得自己那么恶心。

有些人是可以一辈子不被改变的，我行我素，可是，有些人，却一辈子困在牢笼中。

接近天亮的时候我挂掉了电话，可是我忘记了对他说晚安。

一年就这样过去，而我的生活，还在继续。

我想对所有在路上的孩子，那些背着行囊匆匆赶路的孩子说晚安；我想站在他们旁边告诉他们你不孤单；我想重新找回自己曾经张扬的日子；我想重新看到异域他乡落日的余晖，重新躺在睡袋里像个孩子一样梦中发出甜美的笑容；我想和齐勒铭再去那个被人们遗忘的小镇；我想和小 A 一起继续站在人潮汹涌的站台上；我想和清和在午夜冷清的上海街头喝着外卖咖啡，我想对齐勒铭对小 A 对黄药师对清和说话；我想告诉他们很多事情可是我却忘记了所有的语言。

CD 机突然没电了，发出刺耳的断电的声音，在人潮汹涌的大街上茫然四顾。我停了下来。

一年老一年，一日没一日，一秋又一秋，一辈催一辈，一聚一离别，一喜一伤悲。一榻一身卧，一生一梦里。寻一夥相识，他一会咱一会，都一般相知，吹一回，唱一回。

第二章

SUMMERTIME SADNESS
夏殇

消失长度的夏天

1 夏天 Summer

在每一个人都在嚷嚷着“夏天永远不会结束了”的时候，我并不是很相信他们的论调。因为我每天待在家里的空调或者写字楼的中央空调之下，甚至很多时候还会发出“有点冷”的感慨。我这样说并非出自要炫耀自己的生活环境多么地优越——尽管我知道并没有多少人相信，他们固执地认为我天生就是个爱炫耀的家伙，好吧，我也承认……

只是，我真的是出于悲伤才会觉得夏天并不会像人们想的那样永无止尽，相反，我总是觉得夏天太过短暂了。

西瓜只是短暂地在路边漂泊成了绿色的海洋。

游泳池里充满消毒粉味道的水也仅仅更换了两三池。

男生和女生也只是在路边的咖啡厅里一起用两根吸管喝光了同一杯可乐。

墨镜只来得及短暂地架上鼻梁。

秋风就一阵一阵地悲伤而来。

我并不是出于炫耀而故意说自己不怎么感受得到夏天。而是我离那些过去的夏天，都已经很远很远了。

那些奔跑在耀眼白光下的日子，就像是标本般浸泡在试管里。栩栩如生般地虚假。高中时代是我的玻璃试管，而浸泡着标本的福尔马林，是年华被岁月倾轧后渗出的液体。

像球鞋踩过草坪，沾满一脚绿色腥味的草汁。

我离夏天，遥远得几乎要人类登月了。

2 关东煮　Oden

写字楼楼下有一家FAMILY，24小时超市。里面的饭菜比罗森花样繁多。

我有一大部分的时间，都买一份关东煮当午餐。

电锅里咕噜咕噜地冒着泡，贡丸，鱼丸，章鱼小丸子，在里面一起欢快地翻来翻去。

一开始，店里的小姑娘还很脸红害羞地找我签名，熟了之后，渐渐对我的到来无动于衷了，常常为了一毛钱死活要我找出硬币给她而不愿意收我的一百块纸币。

而那个时候，我也几乎已经吃掉一个冰箱的关东煮和几乎喝掉一个游泳池的奶茶了。

那天像任何一天一样，我还是买了一份关东煮。

走出来的时候突然被头顶吓人的阳光照得有点发晕。我看着门外垃圾桶里倒掉的贡丸，知道每天晚上六点下班的时候还没有被卖掉的，就会全部被捞起来丢掉。

我那个时候突然就想，那些在锅里沸腾着的贡丸，究竟是怀着怎么样的心情在等待着呢?

是说："哎呀，快点把我捞上去吧，我不想被倒进垃圾堆里被苍蝇那恶心的家伙蹭来蹭去啊。"

还是会说："千万别捞到我啊，我还不想被吃掉呢！"

究竟是哪一种呢?
我一边发晕，一边饶有兴致地想着。

3 黑暗 Dark

那天和痕痕讨论一个我们刚看完的小说。

小说里有一个情节是这样的，女生和男生已经分手了，女生假装着很坚强，什么都不在乎。有一天大家都在上晚自习，突然停电了，那个女生因为爱漂亮所以一直戴隐形眼镜，医生告诉她，如果她一直戴隐形眼镜的话，视网膜会逐渐逐渐变薄，有一天会失明。所以，当四下突然一片黑暗，那个女生第一反应是自己瞎了。于是，她突然爆发出一声无比悲怆的哭喊，她在喊那个已经和她分手的男生的名字，而这个时候，那个男生从教室另一边，借了个打火机，打着微弱的光，朝她走过来，拍拍她的背，说，没事了，没事了。

我们感动在这样温情而悲伤的情节里。

后来我在想，如果有一天，我突然被一片突如其来的黑暗吞噬，我第一个喊出口的名字，会是谁呢？

4 游鱼 Swimming fish

妈妈来上海的时候，我们一起去了海洋馆。

巨大的玻璃幕墙之后，是那些安静的游鱼。它们看不见人群，所以它们非常镇定。

四周都很安静，像是在海底被吸收了声音。

很多时候，我都觉得水族馆和星象馆非常地相近。

无论我们是从海底仰望水面，还是从地面仰望星群，都怀着同样的敬畏之心，以及血管里缓慢流淌着的渺小感。

像是消失了声音，只剩下缓慢的类似静止般的流动。鳞片在这里主宰着世界。

水族馆里所有的鱼都成群结队，小型水箱里也是三三两两。

唯独有一处是例外。它是一条像珊瑚一样的鱼，整个水族馆就它一条，它被印在门票上。当年它被引进上海的时候，上海到处都是它的新闻。水族馆一时人满为患。可是当我站在它的水箱前面，却突然觉得它很孤独。它独自待在那个小小的水箱里，像是被定格的时间。它的名字，叫海龙。

越是高贵的，就越孤独吧。

只是古老的寓言还是存在着，它说：你永远都无法知道鱼是否快乐，但别人也永远无法知道你是否知道鱼快乐。

就像没有人知道，它是一条孤独的海龙，还是一道孤傲的荣耀。

5 考试 Examination

因为正在考驾照的关系，所以又要重新拿起书本，学习交通规则，并且进行考试。

所以我几乎是在很多年之后，又重新体验起当初高中时的感觉。（天知道我的大学是如何游手好闲般玩乐而过。）

A 不全面，所以选 C。

B 和 D 都出现了常规的错误，C 不是相关的选项，所以选 A。

水笔在习题上哗哗地写着，汗水滴在纸上啪的一声响。

时间像被人按了“倒退”按钮，一切迅速地倒转。

我像是又重新变成当初那个在陈旧的三叶风扇下皱着眉头的高三男生，窗外是浓郁得几乎要压垮树冠的香樟。

像是机器猫给了我时光机。

我又重新回到了过去。

我几乎是要哭了。

6 循环 Cycle

短暂的夏天是悲伤的。

悲伤的秋千是被童年遗忘的。

遗忘的钥匙开错了那扇古老的门。

古老的门里巫婆亲吻了王子后，自己变成了公主，王子变成了青蛙，公主把青蛙丢进了井里。

井里天空是年复一年的同样的脸。

同样的脸仰望着一季又一季，无限循环的，短暂的夏天。

静流的云层

(图案可扫描)

1 幼稚园

幼稚园的记忆变得很薄很薄了。

就像秋天突然吹到自己身上的一阵风。轻到闻不出里面的花香或者树味，只是淡淡地撩动了额头前的头发。然后就朝身后消失而去。

剩下成堆的落叶沿着街边滚动。

我们只有在已经成长为大人的今天，才会这样地去回忆曾经幼稚的岁月。

耳边是开饭时每个小朋友把调羹在碗里敲得叮当响的声音。

阿姨的笑容温暖得像杯子里的开水。

他们说看男生的小时候，就会知道他长大了是什么样子。

如果他迷恋飞机汽车玩具，那他以后一定是个理科非常好的人。

如果他喜欢听童话，喜欢看小人书，那他以后一定是写文章非常好的人。

小时候会捡起女生掉在地上的蝴蝶结还给她的男孩子，长大后会变得像秋天的日光一样温柔。

小时候在玩老鹰捉小鸡游戏时争着做鸡妈妈的男孩，长大了一定会在大街上用力地伸开手臂，环抱着身边脸红的女友哈哈大笑。

小时候会把自己收集的糖纸送给女生的男孩，长大了一定会带女友看自己收藏的各种徽章。

这些迷人的恋爱，从很早就开始发芽。而经过十几年漫长的时光，变成庇护着自己的大树。

2 手机

出门的时候忘记了带手机。

于是一整天都在格外安静的情况下度过了。没有短信，没有电话，没有莫名其妙的“请将此短信转发给一百个人否则 ××××××”。

于是一整天都觉得自己和世界没有了关系。

原来手机是这样奇妙地存在着。证明着自己的价值，证明着自己的存在，证明着在某一天的某一个时刻，当它响起来的时候，你正被某个人因为某种原因而想起。

这样真实的存在感。

那么错失掉电话呢？没收到短信呢？

回到家的时候，是希望看到屏幕安静的待机画面，还是希望看到无数的未接来电和未读信息呢?

哪一样会令自己受不了?

是错过了被需要的那些时刻?

还是一整天都没被别人需要过呢?

3 生日

一早就打算在十月份的时候无论如何都要出差，就算没有活动通告也要打着这样的幌子去旅游。因为公司同时有四个人过生日。这不是要人命么。

生日蛋糕。蜡烛。满屋子的灯。

冒泡的可乐和啤酒。哗啦啦地从年轮上流过。

小时候总是希望能快点长大。蜡烛越多越好看。

而长大后，却希望自己一直年轻着，不想长大不想变老。希望自己还是能对着偶像好看的面容尖叫起来。

几年前想着如果父母可以送给我最新的那双运动鞋。如果前座的那个女生能来参加我的生日会。

如果头发可以留长扎起马尾而学校不用管束。如果隔壁班那个经常在操场上打篮球的男生脸上被弄上奶油，自己可以帮他轻轻擦去，然后在旁人的目光里，害羞而又幸福地红起脸来。

如果……

每一年的这样一天，日光并没有什么不同。

楼下的小摊依然在早上六点就热气腾腾。跑步的中年大叔和年轻小伙子总爱争个输赢。

依然被晨光照亮眼睛，躺在床上，心里想起来，嗯，今天过生日了。

就好像过去的一年全部被压缩在这短短的几秒之内，那么多的面容和那么多的心情，从心脏上像蚂蚁般列队而过，最后会剩下一张最温柔的脸，定定地望向自己。无限温柔的漫长镜头。

然后自己轻轻地对这些美好的时光，温柔地说着，bye bye。

走出楼道口，狭窄的楼与楼之间的苍蓝色天空。

阳光照耀着自己的脸。嗯。一年又过去了。

理理自己的衣领和头发。心情就慢慢变好了。

等待着这一天，谁第一个对自己说出生日快乐。

但其实，早在昨天晚上的十二点，生命中的那个人，已经比任何人都早地对自己说了，生日快乐。

最后还说了句，嘿嘿，我都快睡着了。

（好想就这样写篇生日贺文给你们当作生日礼物啊。TAT）

（郭敬明也从远方发来了贺电！贺文称……）

4 旋转木马

每一个游乐场里，都有着这样一个悲伤的东西。

哪怕被王菲唱得再美好，唱得“让我忘了伤”“没有翅膀，却也能够带着我四处飞翔”。

但是最后都会停在一句悲伤的——“音乐停下来，你将离场，我也只能这样”。

就这样，旋转着，旋转着，打开的那扇童话之门。

但那些旋涡一样的悲伤，却不会就这样烟消云散。

就像我们在悲伤的时候会去听悲伤的歌。

在失恋的时候会去看失恋的爱情电影。

在孤单的时候会写下孤单的文字。

用眼泪浇灌悲伤，开出更悲伤的花。

这些，都像是对自己的惩罚。用“更”，来抵抗目前心中的那份“最”。

旋转木马，潜藏在每一个人心中的暗黑童话里。

像那头最温柔的，我们从小在心中养大的怪兽。

5 牙膏

我也已经把牙膏换成了你在用的那种味道。冰极山泉。

是不是这样，就可以当作每天早上和你的亲吻呢。

于是我每天刷牙，都会脸红了。

6 瀑布

我把对你的思念唱成了这首诗，暴晒在月光下。

变成了无穷尽的瀑布。

那些飞扬的细小水花。会隔着时空，温柔地蒙上你的脸吗?

7 孤单

已经一个人住了好几个月了。每天开门回家只能听见小呆的叫声，然后它流着口水扑过来，弄脏我的白衬衣。

也习惯了一个人在家孤独地来回，穿过客厅，打开冰箱门，拿出可乐，走回电脑前。

习惯了在家就不说话。躺在床上看书，或者在电脑前看动画。

看到好的段落，看到感动的场景，转过头去身边也没有人可以分享。

原来所谓的独立和自由，并没有想象中那么好啊。

我还是希望在看到漂亮的段落，听到动人的歌曲，发生美好的事情时，能够和别人分享。希望别人也可以感受到这样的情绪。

就像一个人的旅途，我总爱拍下那些沿路的风景，发送给远方的你。

这其实就是和独自去你曾经居住的城市，看那些你熟悉我却陌生的风景一样的事情吧。

《恋之风景》里。

走你走过的楼梯，玩你玩过的滑梯。

做你没做完的事情。

甚至连假想一下你曾经在哪里摔倒过，在哪里发呆过，在哪里消磨过年少中的某个无聊的下午，这样的事情，都会让人变得温柔起来。

而这样的事情，也只有孤单的时候才可以做吧？

在我不孤单的时候，在你在身边的时候，我都在做些什么呢？为什么想不起来了，我在发呆吗?

8 机场

每一个机场，都分为出发楼和到达楼。

这两个地方，把悲伤和喜悦在日光下剧烈地对比着。

飞机把别离的悲伤带上九千米的高空。

然后换成遥远的某地，等待相逢的喜悦。

而那些在蓝天白云上的分分秒秒，都化成了思念你的电波，穿越了整层平流的静云。

虚构的雨水与世界尽头

1 雨水

最近几天的上海一直浸泡在雨水之中，中途我去了一次北京，两三天后回来，走出机场，依然是庞大的雨水笼罩着日暮下的上海。灯火在水雾里融化开来，流在马路上，被过往的车辆飞溅起来。我抱着我的大旅行包，望着窗外又冷漠又妖娆的上海，心里想，嗯，我又回来了。

世界在庞大的雨水里变得安静。变得孤单。变得寂寞。变成了一个让人悲伤的星球。缓慢地旋转着。

哪，我在这里呢，离你几千公里外的地方。南方哗哗下起的大雨，会飘过千里之外，在你头顶暗得发蓝的天空下，变成雪花，飞扬而下么？

2 故事

她是成名已久的歌手。最近在中国一个很著名的体育场开了演唱会。在现场的时候，她唱起她曾经自己写词的一首歌。十年前，她的爱人就站在下面的看台上，突然站起来，大声地喊着对她的誓言，眼睛闪亮着，生动的脸在人群里像是发着光一样。那个时候，她觉得幸福就站在台下静静地看向自己。而十年后，同样的一个地方，同样的一个看台，却没有了他在台下看向自己的温柔的目光。不知道他在哪里，做着什么样的事情。

她面对着比十年前拥挤十倍，却唯独少掉了他的看台，低着头哭了起来。

3 遇见你

在学生年代开始约会。怀着忐忑而紧张的心情，和对方约在各种不同的地方。那个时候我们都还是学生，没有手机，没有传呼，只是提前一天在电话里约好了第二天在哪儿哪儿等你。于是你在电话里嘿嘿地笑起来，说嗯。

永远都可以找到对方，在成千上万的人群里。在无数冷漠的、悲伤的、无聊的、讽刺的面容里，都可以准确地看到你温柔的笑脸在远处生动起来。

刚来上海的时候，老是约去人民广场。那个时候并不认识上海太多的地方。而且没有钱，只能在人民广场这样大众到没有任何情趣的地方，寻找着你。

而后来，开始用传呼，开始用手机，开始用各种可以找寻到彼此的通信工具。但却越来越失去了寻找和等待的耐心。往往没有看到我，你就会打我电话，声音里有一些不耐烦的情绪，喂，在哪里呢你?

我们出入的地方也从人民广场这样拥挤而嘈杂的地方，变得越来越高档越来越安静。有穿着质量上乘的礼服的 waiter 帮我们倒水。有美好的灯光将彼此的侧脸涂抹得更加年轻逼人。却再也无法重回年轻的时候，那些背着书包，带着一夜没睡的激动心情，飞快地赶往你等待的地方的心境。

那个时候的我们，年轻是最大的财富，挥霍着，向世俗和疲倦仰起我们光芒照人的脸庞。

到最后，慢慢变成了“喂，你直接来我家吧”或者“你在哪儿，我叫司机去接你”。挂掉电话的时候，上海的天空就变成熟悉的灰蓝色。茫茫人海填满在城市的每一个罅隙里。灯光点燃起来，把我的眼睛，或者你的眼睛，照得闪闪发亮。

4 世界尽头

未来那么漫长，长到足够让我忘记你。足够我重新用力地喜欢一个人，就像当初喜欢你一样。

这样漫长的未来，我开始有一些害怕了呢。哪，你又在想些什么呢?

“我啊，就觉得一辈子真短，我们在一起剩下的时间，少得可怜啊。这辈子花费了24年才遇见你，下辈子还要花这么久吗？我才不要咧。”

我也不想要。那就带我走向无限的白色世界尽头吧。和你一起并肩行走，度过我们倒数计时的爱。

5 来生

唱KTV的时候突然唱到一句煽情的歌词。下辈子变做马，变做狗，也要报答你的爱。

6 虚构

我们在自己曾经的岁月里，一定虚构过某些特定的人。比如男生会想，以后一定要找到一个可以去保护她疼爱她的女孩子，可以在大雪天里走路的时候，把她温柔地揽进自己的大衣里来。

比如女生会想，也许有一天，会遇见一个不怎么说话，但是头发漆黑、手指漂亮的男生，他会在空旷的音乐教室里一个人练琴，而自己坐在下面等他，偶尔看他抬起头来，对自己微微地笑起来。

或者更具体一些，她应该扎蓝色的发带，应该有很瘦的小腿，应该会找各种借口逃掉累人的长跑，应该爱看书，而且经常会被煽情的桥段弄得泪水流满了红通通的脸。会织围巾，也会在织好一条围巾后却不敢送到一直默默喜欢的男生的手里，于是只能放在抽屉里，偶尔拿出来，看着走神。到夏天的时候，变成一声叹息。

而他应该有好看的手臂肌肉，夏天的时候会把袖子卷上肩膀，穿衬衣的时候把袖子挽到小手臂。鼻子很高，把眼睛衬托得狭长。不笑的时候很臭脸，笑起来又是小可爱。爱喝可乐，偏爱拉罐多过瓶装。会在每周末把大堆穿过的衣服带回家给妈妈洗，一副少爷的做派，被从小宠溺着长大，却也会在母亲生日的时候，抓着头发问身边的女生，女人会喜欢什么东西。

我们有时候会在内心里去虚构着这样的人，然后每一天每一天，去具化他/她的血肉和灵魂，直到真实得无从分辨，直到我们对周围的人都大失所望。自己刻意地去想，“啊，这里不一样”“哦，原来他并不是喜欢喝可乐呢”。

这样想着，于是眼前的他/她也变得轮廓模糊起来，渐渐地，在心脏上失去了重量。于是，又重新开始去等待另外一个人。直到某一天，“啊，原来他也是不会自己剪指甲的呢”。

原来我们都是一直爱着自己假想的那一个人，于是所有的人，都变成了影子。

7 看见自己

我在电视里看到自己的时候，一定会马上表情恶劣地转台。我也不知道为什么。

8 孤单和独自

Alone 和 lonely，在高中被反复区分着的两个词。那个时候，关于这两个词的题目我总是不会错。而现在，有时候我会一个人去空旷的公园发呆，有时候在大半夜，裹着帽子围巾全副武装地去遛狗，有时候我一个人在阳台上花掉一个下午看书看得心里止不住地伤心，这些时候，我都是 alone 的，但是我却一点都不 lonely。

但有时候，我也一个人去看电影，一个人去买很多很多的衣服直到提满大大小小的袋子几乎要走不动路，我也一个人去剪头发，一个人去日本料理店吃寿司，一个人跑去听一场一直想听的音乐会。这些时候，我是 alone 的，但是却也很 lonely。

但更多的时候，我都不是 alone 的，但是也是 lonely。和大家唱着歌，说着笑，聊着天，就突然地想起你。然后我就会缩在角落里，开始独自而孤单地想念了。

光之芒

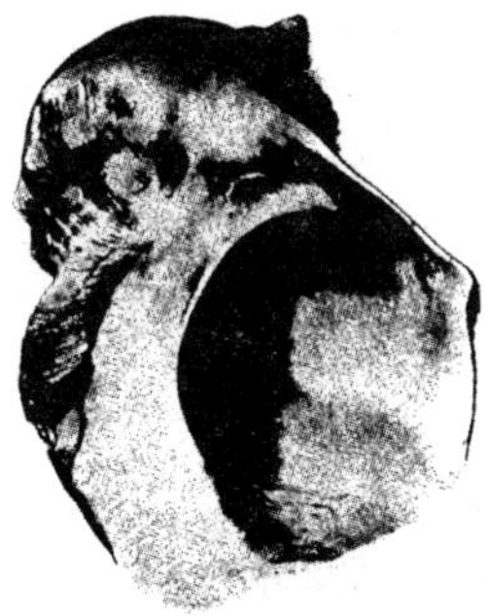

(图案可扫描)

1 光线

听说光线是有生命的，在很久以前，是如同鱼或者大象一般的活物。那日在书上看到这样的一段话的时候，窗外正好是冬日里难得的晴天。光线从窗户照耀进来，亮得刺眼，些许的尘埃缓慢浮动在空气里。小呆趴在我脚边吐着舌头，眼睛在剧烈的光线下眯成一条缝。

人的心情也是这样吧。可以理解为活物，像是每个人心里都居住着这样一个生命体。

以它们的心情，左右着我们的心情。甚至也可以和光线扯上关系。人在晴朗的天空下，一般都会觉得开朗和充满希望。在昏暗的黄昏，一般会觉得怅然若失地悲伤。这些都是和光线有关的，人的内心。

我对光线最深刻的记忆，就是周末睡到中午，眼皮被光线打亮，醒过来就听见了收音机里广播的声音，《新闻联播》或者怀旧的歌曲，厨房里妈妈已经烧好了饭菜。就算是在上海独自生活很多年之后，我每个周末在光线中醒来的时候，也一定会想起少年时的这样的场景。而如果那一天是一个阴天，我就会蒙上被子睡到天黑。

哪，光线真的是古怪的活物吧。

2 地面之下，地面之上

有时候贪图方便，快捷，我就会选择地铁或者轻轨这样的大众交通工具。尽管这样的时候越来越少。因为确实在车厢里被别人指指点点交头接耳的感觉非常不好。但一直记得刚来上海时，在还是一个普通的少年时，一直坐地铁与轻轨的感受。

有时候觉得，地铁这样的东西，一辈子都在地面之下穿行着，从光明的站台，开进黑暗的隧道里，然后再到达另一处光明。这样重复地来回，直到机器老旧，变成不再使用的废弃车厢，这样的人生，好寂寞啊。

而轻轨就会绚丽很多。在城市的上空飞行着，穿越过无数的霓虹光线，穿越过人声鼎沸的上空，穿越过一群飞翔的灰色鸽子，从一处天空，到达另一处天空。

所以清和第一次带我坐轻轨的时候，我吃惊地睁大了眼，贴在玻璃窗上，一直往外看。那是我十九岁第二次到上海的时候。而现在清和已经去了美国。

而很多年后的现在，有一天我因为要去一个遥远的地方，所以又上了轻轨，却挺惊奇地发现，有一段路途，竟然呼啸着开往地下去了，过了好一会儿，才重新升上地面来。难道说是地铁太寂寞了，对轻轨发出了邀请吗？

哪，来下面看看我吧，我一个人，很寂寞呢。（我又不是在讲鬼故事。）

3 生病

人很难在健康的时候回忆起生病时的感觉。

却会在每一次生病的时候，回忆起健康时的感觉。

这像不像我们的恋爱呢？

我们很难在恋爱时，想起失恋的感觉。

却会在每一次失恋时，翻箱倒柜地回忆起每一次恋爱的感觉。

4 心

我们每次说到的心。是指胸腔里，那颗被肌肉和骨骼包裹着的跳动的肌肉纤维状的心脏，还是我们接受一切悲伤和喜悦等情绪的那颗，所谓的心灵呢？只是我们都习惯了在年轻的时候提到自己的心痛，而忽略了那颗心脏，其实一直都健康地活在我们年轻的身体之内。持续不断地跳动着，提供着血液，维持着我们年轻的生命，以及滋养着让我们可以持续感受悲伤和喜悦的资本。

5 少年的记忆

那些随着盛夏的烈日而黏在猩红眼皮之下的记忆，持续地蒸发在胸腔里。

每一次回想到过去，不管我是身处上海冬天快要冷死人的街道上，还是处在盛夏突突朝外喷着白色冷气的空调房内，视界里第一时间出现的，还是那些被阳光照得冒油的绿色草地，还有上面孤独而立的白衬衫少年。

操场上空洞的跑步声。

CD 机偶尔因为卡片而发出的咔嚓声响。歌声突兀地起了疙瘩，不痛不痒却又明显地划痛在耳膜上。小卖部内的早点会迅速地卖光。放学后的教室里，剩下一两个值日生朝地面泼着水。校门外争吵起来的几个少年，朝对方挥起了拳头。

6 一个人的平安夜

大街上挤来挤去的少年和少女，他们头戴着鹿角和圣诞帽子。女生瘪了瘪嘴，于是男生赶忙去排队买冰淇淋。排队的时候不时地回过头来看女生的脸，看到女生笑眯眯的眼睛的时候，就松了口气，兴致勃勃地排起队来。从南京路一直到外滩都是人，街边很多人拿着安全烟花舞来舞去。每一家商店似乎都朝外喷薄着热情洋溢的温暖，店门都是雪花和圣诞老人的装饰。大商场里摆满了表情可爱的麋鹿。

男生在电动城门口，表情可爱地求着女朋友陪着进去玩。女孩子松下口来，尽管内心更愿意去外滩江边上点燃烟花。但是站在旁边看着自己的小王子开着赛车或者拿着枪扫射着恐龙，或者挥舞着宝剑冲向古堡营救公主，于是就觉得小王子有一天也会变成国王吧。

出门的时候，男孩子突然想起了什么，拉着女孩重新进去，丢了一把硬币，趴在娃娃机前面，终于钓起了一个公仔，塞进女生的怀里，然后哈哈大笑地搂着她出门去。

电影院里播放的爱情故事，在暖气的烘焙之下，变得伤感动人。女生抹着眼泪在包里翻找着纸巾，但旁边的男生，却紧张地握紧了手指，不敢放到栏杆上，去抓住女生的手。

这些动人的画面，发生在安静的平安夜里。没有雪花，没有麋鹿跑过大街，等待一晚也不会有圣诞老人从烟囱里爬下来。但是这些，依然在安静的平安夜里，温暖而美好着。

但这些也与我没有什么关系。

我裹着厚厚的大衣，从医院往家走。

（生病了。55555……）

夜的最终回

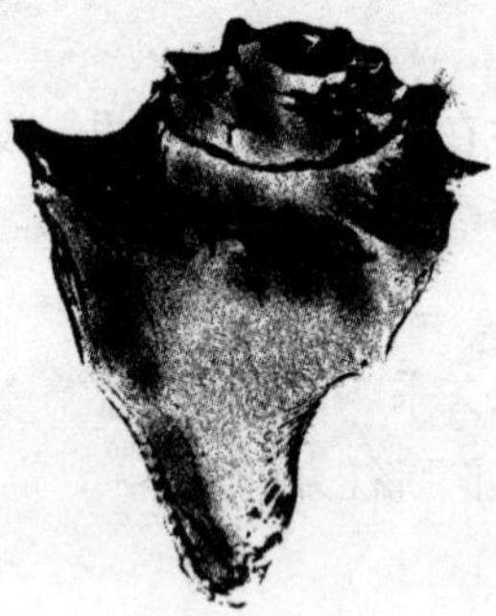

1 药丸

感冒的时候就觉得整个上海的重量都压到我身上来了。头痛得像要轰隆一声爆炸开来。我每天就顶着这样一个像是定时炸弹一样的脑袋去上班。我经常觉得身体里像是有一个倒计时器，嘀嗒嘀嗒地响着，然后发条越拧越紧，不知道什么时候就突然炸开来了。

感冒的时候也会觉得上海所有的自来水管都插进了我的身体，然后被人哗啦拧开了水龙头，鼻涕啊眼泪啊止也止不住。我觉得自己就像是一个移动的漏水的管道系统，在写字楼里来来去去，看见我的人都露出诧异的表情。

而这些，都是可以控制的。在我吞下了广告里一直反复说着效果显著的双色药丸之后，好像整个世界一下子就被还原了。只是吃药之后会很想睡觉，于是走路也像走在棉花上一样。

可是，什么时候才会发明出可以控制情绪的药丸呢？我窝在沙发上，捧着冒着蒸汽的水杯发呆。如果有一天，我能够在没有你的一场无聊聚会里，吞下一颗“不想你”的药丸；如果有一天，我能够在伤心难过的时候，吞下一颗“不要哭”的药丸；如果有一天，我能够在你离开我之后，吞下一颗“忘记你”的药丸；如果有一天，我像所有蹩脚连续剧里演的那样，被车撞了头，我一定会在我神志清醒的时候，吞下一枚“记住你”的药丸，这样我醒来，就不会对着床边泪流满面的你，说出电视里老套的“你是谁”的对白。

这样的药丸有没有呢？我好想打个电话给哆啦 A 梦。

2 忧伤和悲伤

不知道是不是在翻译的时候，都会把悲伤和忧伤这两个词，统一地翻译成 sadness。

中文里永远有这样让人叹气的字眼。就像曾经的幸福和快乐。一定都是 happy 吗?

快乐的人就一定是幸福的人吗?

那忧伤的人和悲伤的人，哪一个比较可怜呢?

十二岁，你从河里捞起来的半透明的小鱼，你把它们放进一个大碗里，结果第二天它们都死掉了。妈妈把鱼倒进马桶的时候，你哭了。你是忧伤，还是悲伤呢?

十四岁，你开始注意到有一个头发黑黑的男孩子，他的声音在青春期里变得有一点好笑地沙哑。但是他跑步和投篮的时候，你依然会觉得他好帅。那天你看到他和一个女生一起回家，他买了一支冰棍给她吃。你远远地跟在他们后面走了两条街，后来你发现自己迷路了。那个时候，你是忧伤的吗?

十七岁，你在一个孤单的下午走出校门，夕阳刚好在你面前缓慢地沉落下去，光芒在你身后拉出一条更加孤单的影子来。你低下头，那一瞬间，空旷的校园，是让你觉得忧伤，还是悲伤呢?

十九岁，告别了年少的日子。好像再往前跨出一个时间单位，你就不能再称自己作少年。你对着微微闪动着亮光的蜡烛，许下了什么心愿呢?如果那个心愿你已经从十六岁一直许到了十九岁都还没有实现，那么，在二十岁之前，还来得及吗?你听着时间的倒数，慢慢地红了眼眶。是悲伤的吧?

二十四岁，第一次过印象中记得的本命年。上一个本命年完全忘记了是什么样子。现在的你会在妈妈给你红内裤的时候哇哇大叫说我不要穿。却也会在没有人的时候，思考着到底是否应该去买一条呢。桌子上放着同学的结婚请帖，红色的卡纸金色的字，而你现在还是一个人逛街一个人喝茶一个人看着电视。你是什么样的心情呢?

3 夜自习

这样的夜晚会从初三开始。

第一天，你们都很兴奋，甚至在书包里悄悄放了零食和饮料。感觉在天黑下来的时候还在念书是一件很酷的事情。

当头顶上的白炽灯闪了闪之后就全部亮起，当你们看向窗外发现一片漆黑，只剩下校园里的一圈路灯亮出了光点。

你们觉得这样的感觉真是不错。

但是后来慢慢地，就消耗了时间和热情。

剩下疲倦的咖啡香味以及粉笔在黑板上摩擦出的噪音。试卷的油墨味道在空气里缓慢而沉甸甸地浮动着。你打开窗，过了一会儿又关了起来。外面的风还是太冷。

你放下手中的笔活动手腕。面前的历史试卷已经写满了整整一页。手中的水笔是昨天刚从校门口的小店里买的，而现在已经用掉了三分之一的墨水。小店昨天刚刚有了周杰伦的《依然范特西》。你站在海报前发了一会儿呆，然后就嘻嘻哈哈地走开了。

你抬起头看向窗外深不见底的夜色。香樟一棵连着一棵，把茂盛的树叶填满天空所有的罅隙。

夜晚放肆地吞噬了光线和那些永远不会消失的绿色。只剩下树梢间吹过的风声，远远地，锐利地，在校园的最深处响起来，沙沙沙。其实和教室里安静地书写的声音，并没有任何的区别。你抬起手揉了揉发酸的眼睛，发现手上是湿漉漉的水。你抽了下鼻子，把历史试卷翻向新的一面。而路灯下那个高一体育部的男生，今天晚上没有来打球。

下课铃响起的时候校园里出现了回声。树木被风吹动，树影在黑暗里一浪一浪地朝寝室的方向翻滚。你独自收拾好还没做完的习题和一本一本厚厚的参考书。你背好书包走出教学楼。从教室回寝室的路安静得吓人。路灯在很高的地方投下昏黄的光。前面走着两个女生，小声说着话。后面走着三个男生，脚下带着球。后来他们都走了回去，你慢慢地在这条两边长满了高大香樟的路上停下来。你抬起头，路灯在那一瞬间闪了闪。你突然想起来，这样的日子，已经过去了三年。从初三开始，一直到现在，已经过去了一千个夜晚。而剩下的几十个夜晚，也将这样过去。你抱紧手里的书，听到空旷的校园里响起的各种各样的声音。它们曾经出现过，也必定会在某一天消失。

被一千零九十五个夜晚吞噬的声响，在夜的最终回，沙沙地响起来。

灰蒙地域与萤火之国

1 声逝

有一段时间我的耳朵几乎是听不见声音的。

我忘记了那是在什么时候，高一或者是高二。在一次全校流行的感冒之后，所有人从发烧与流鼻涕的状态里缓解过来，而唯独我拍了拍自己的耳朵，发现只能听见模糊的微弱的声响。是渐渐渐渐地，减弱了听觉。从最开始别人叫我时需要叫两次，到最后的一节物理课上，我戴着耳机把音量开到最大声，然后物理老师走到我的面前，伸出手把我的白色耳机线扯下来丢在地上。

我们形容听不见声音的词语有很多。无声，寂静，安静，沉寂，死寂，悄然，冷寂。好像伴随着声音，连温度也一起消失了。那个时候就开始不太和朋友聊天，出行，游玩。

花了无数个下午在图书馆里看书，阳光从高高的玻璃窗外照进来，在地上形成各种刺眼的白色亮斑。耳朵里的那些像是电流一样唰唰的声音，或者像是高草里昆虫游动的声响，在耳膜上无休止地来回。

闭着眼睛，就会听到更大的因为寂静而产生的回响。

直到有一天，突然间耳朵里像是被人拔出了一个塞子，一瞬间周围的声音又涌动着冲进大脑。我揉了揉耳朵，像是从另外一个遥远的世界重新回来。

那样一个寂静的世界，像是无数绵长的海藻，包裹着全身。

2 曾经的少年

如果回想到从前，回想到还没有成名没有赚钱的从前，每当回忆起那个时候的自己，就会看到一个少年站在自己面前，苍白的脸，苍白的表情，像要被浓雾拉扯进灰蒙空间里的一个纸人。

四年前的自己坐在上海大学的教室里，竖着耳朵努力分辨着老师上海话里的考试重点，在书店里看到一套学说上海话的教材，然后悄悄买下来，把随声听里的磁带取出来，放进那盘《学说上海话》。渐渐地，就可以从周围的对话里，分辨出类似“外地人总归是外地人”，或者“谁都想要来上海”这样的句子。

就像从一整个茂盛的植物园的温柔绿色之中，分辨出带着浓烈腥臭味道的瘴毒之花；也像是从之前的一个世界，慢慢地进入另外一个世界。被拉扯进浓雾的纸人，渐渐挥去身边的白雾。

3 焰火

四年前的自己，曾经和朋友们一起出发去浦东的世纪公园看焰火。国庆的人流像是突然涨起的潮水，密密麻麻地沿着公园入口的那一条两边设计满了漂亮水池和精致植物的走道往里涌。沿路都是叫卖气球和金属烟花的商贩。一直走到公园门口的时候，所有的人才出现一条分水岭。一部分人掏钱买了票进入公园，站在湖边等待焰火大会的开始。另外的大部分人，停止在公园门口的台阶上。

我和我的朋友们站在公园的门口，我的手放在口袋里，里面有差不多50块钱，而门票最便宜的是60块钱，最贵的是680块钱。我的手一直捏着口袋里的钱，然后站在门口没有说话。

有一个卖黄牛票的猥琐男人，拍拍我肩膀，一脸说不出味道的笑容，他说，你长这么秀气啊，你是小伙子还是小姑娘？说完伸过手指摸我的脸。我朋友突然揽过我的肩膀带我走开，同时他回过头伸出手指着那个人说，你信不信我他妈揍死你。那天晚上的焰火格外好看，不断有巨大的声响从天空爆炸开来传进耳膜。我周围是几千个和我一样的普通的学生和成人，他们拥挤在公园的门口，那天晚上我们看到的焰火，其实和公园里的那些人看到的并没有区别。但是我还是低下头悄悄地抹掉了眼角的泪水。结束后巨大的人流散去，像是被人一脚踩下去的蚂蚁群，密密麻麻地四处分散。我和朋友因为口袋里钱不够打车，所以我们慢慢地一直走一直走，走到地铁口，然后在地铁通道里坐了个通宵，直到早上五点四十五分的第一班地铁开过来，我们把帽衫的帽子戴好，走进亮着荧光灯的车厢，在长椅上倒头大睡。回到学校，在门口买了几个热的肉夹馍，汇进巨大的晨跑的人群。

4 残缺的爱和完整的物质

那天听到朋友说，LV 是残缺的 LOVE。

然后我就在想，那么，LOVE 又是什么呢？

5 要过多少年后

这样的句子，总是承载着说话的人的不舍和对现在的失望。

就像是——要过多少年后，我才会忘记你呢？

要过多少年后，你才会想起我呢？

我们每一次伤心、难过、沮丧、失望，都在心里划下深深浅浅的痕迹，于是心脏的表面，就从最初完整的光洁，变成地图纹路一般的纵横捭阖。时间是最伟大的治愈师。无论是怎样的痕迹，都会在它日月分秒的来回粉刷里，变得不复存在。只剩下油漆变干后的纯白一片，光洁的表面泛着倏忽的人影。

于是，很多年很多年之后，当初那些我们以为永远也无法忘记的事情，就在脑海里隐匿了踪影。我们坐在落地窗前面，也只能看见远处江面一片淋漓的反光，却想不起当初因为哪一种心痛，而几乎想要跳下去离开这个世界。那些曾经活在我们胸腔深处的少年少女，慢慢地变得苍白、灰蒙，直到透明一片，溶解在时间晦涩不语的光芒里。而曾经无数个夜里想起的面容，曾经每次想起就会被难过堵住胸口的面容，最终都会化成一片薄薄的灰蒙蒙的影子，孤单地贴在心壁上。曾经的喜欢，爱恋，彼此伤害，彼此拥抱，彼此的誓言和对未来的幻想，全部败给了伟大的时间。无限漫长的未来，漫长到可以有无数个这样的你，去让我喜欢，和哭泣。

那么，要过多少年后，我才会遇见另外一个你呢？

就像当年的那一个夏天，我推开 KTV 的房门，你突然站起来对我点头微笑。

喧嚣季风的遥远居所

(图案可扫描)

Where I belong ...

是不是曾经的我。

也这样地漂向了远方呢?

是未知的荒岛，还是连地图上都没有标记过的海面?

是不是曾经的我，也这样被卷向了遥远到可以当作另一个世界的地方呢?

1《秒速 5cm》

和朋友窝在客厅的沙发上看新海诚最新的动画《秒速 5cm》。

SHARP 巨大而清晰的液晶屏幕上，男生站在错综复杂的地铁路线图前，周围是看不清楚面容的过客充当着背景，飞快地移动着。

朋友斜斜地躺在沙发上，说，啊，真想去日本呢，这样蜘蛛网一样的地铁路线，简直是太挑战了呢。

我抬起头看着屏幕上如同迷宫一样的地铁路线图，然后我就在想，发明迷宫的人，和喜欢迷宫的人，应该都是怀抱着同样的心态吧?

——以上感想 by 奇怪的人。

只是在这样一部安静到让人鼻子发酸的动画里生出这样的感叹，让人觉得有点不搭而已。

还是我另外一个可爱的小女生朋友产生了比较符合情绪的感叹，她说，也真的只有在年轻的时候，才会这样不顾一切地去喜欢一个人吧，穿越城市与城市的距离，拉近彼此的关系，不管什么时候，下大雪或者凌晨半夜，依然前往着，等待着。只有年轻时奋不顾身的我们，才会这样勇敢吧。

——以上感想 by 可爱的美少女。

但是画面还是漂亮到不行。传说中数以万计的 CG 画面让所有 FANS 都合不拢嘴。

年年在浏览着官方的壁纸时，就一边看一边在 MSN 上告诉我说，哎呀，看上色和构图以及场景的渲染，所有的一切真的是无懈可击啊。但是……为什么就觉得没办法进入内心呢？

——以上感想 by 专业的画手年年 MM。

果然真的是这样啊，同样的东西在不同的人眼里，会是不同的样子啊。

那么，我在别人眼里，到底是什么样子呢？

——以上感想 by 美少年小四。（……）

2 爱情的居所

很多时候我都和身边的朋友讨论起这样深奥的问题。

比如每一次恋爱的时候，我们都会说，嗯，我真的爱他 / 她。

那么，我们到底是在真爱对方什么呢？

比如，有一个男生，他笑起来很好看，牙齿很白。你是爱他这一点吗？

——当然不是咯，他就算有一天突然不会笑了，我也很爱他。

那，他很有钱，有好多漂亮的衣服，每次出现都好帅。你是爱他这一点吗？

——怎么可能！如果是那样我就去找有钱的老头子让他包养我啊。

那，他很干净，又讲卫生。是这一点吗？

——讲卫生的人很多啊，如果仅仅因为这样，那这样的爱情不是太肤浅了吗？

那，他很幽默，会逗你开心。是这样？

——赵本山也很幽默的。

那，他会做饭，还会做家务。

——他又不是我请的钟点工。

那，他唱歌很好听吧？

——我又不会每天都跟着他去唱 KTV。这个理由太搞笑了吧。

那好吧，他长得好看，非常帅。是因为这个吧？

——我才没那么肤浅呢，再好看的人过个三十年也不好看了吧。我的爱是一辈子的呢。

那你爱他什么呢？

——我爱他这个人啊。因为他是他我才爱他啊。

好吧好吧，你爱的是这个人，你爱的是他的灵魂。可是，他的灵魂居住在哪里呢？你觉得以上的每一个条件都不是你喜欢他的理由，那么如果这些条件都没有了呢？他又不会笑，又不好看，又没钱又邋遢，又懒惰又不幽默不会哄你开心……那么，你还会喜欢他的灵魂吗？

所以我每次都不明白，我们用尽力气喜欢的那个人，我们究竟是喜欢着他/她的什么呢？是我们总是不屑的肤浅的东西，还是我们心中神圣的不可猥亵的所谓灵魂呢？

我真的有点困惑了呢。

3 喧嚣之上

现在的新家在 36 层。住得太高导致落地窗外偶尔还会有云朵贴着玻璃飞过去。鸽子也只能在下面盘旋着。

搬了新家之后很长一段时间我都觉得身边很安静。

关了窗户基本就听不见声音了，即使打开窗，外面也只剩下刮在耳边的呼呼的风声。

听不见洒水车的《生日快乐歌》，也听不见闹市里人们讨价还价的声音，听不见音像店里的流行歌曲，听不见学校眼保健操缓慢的音乐。

傍晚的时候会有大朵大朵红色的云从天边汹涌起来。开着窗的时候会听见隐约的汽笛声浮动在上面。

周围亮起密密麻麻的灯。在每一秒之内，都有无数的灯熄灭，无数的灯亮起。

脚下庞大的城市里，无数的故事在每一个缝隙里滋生、繁衍。

最终长成茂盛的巨大植物。

无数的24小时便利店，星巴克，屈臣氏，寿司店，写字楼，错综复杂的高架与地下铁，穿行过半空的轻轨与磁悬浮，小陆家嘴与北外滩，闪光的巨大钱柜和复兴公园。这么多毫无关联却又彼此紧紧咬合的东西，一起拥挤着，爆炸着，汇聚成脚下的上海。

这样嘈杂纷乱的世界。原来只需要离开地面36层，你就完全听不到了。

是不是上帝也是一直这样认为的呢？

以为他自己创造的世界，从一开始，到现在，都是一片宁静美好的乐土啊？

4 对话

——我讨厌你。

——呵呵，你以为我不讨厌你吗？

5 季风上的孤单

以前总觉得“孤单”“寂寞”“孤独”这样的词语是一样的。

后来才发现，原来“寂寞”“孤独”这样的词语，一直带着一种对自己的怜惜和关心。至少还会对孤单的自己感受到伤心，感受到失落。

而“孤单”这样的字眼，只是在说着，我一个人，但是……

后面可以接的词语有很多，但是我很开心，但是我不快乐，但是我很充实，但是我特别无聊。

在自己 36 层的高高公寓里，我也习惯了一个人回家，把所有的灯都打开来，随便放一些什么音乐，给小呆喂狗粮和清水，有时候会自己煮面，几乎不看电视，大部分时间坐在巨大的落地窗前发呆。

窗外有夜色中看起来巨大而神秘的黑色云朵停在离自己很近的地方。

没有打开窗也就不知道外面是否有风。只能从地面上的树木来判断，是静止不动还是东倒西歪，大部分时间是轻轻地摇曳着。

只有台风登陆的日子，才会听到窗户微微震动起来的声音。

于是也就渐渐习惯了这样孤单的日子。

而且也没有所谓的但是。

孤单就是孤单呢。这样简单到不需要加任何注解的字眼。

6 Every passing day

穿着白衬衣咬着面包赶往学校的日子成为了遥远的过去。

早上在刺眼的阳光中醒过来，揉揉眼，慢慢地走向浴室，不用穿衣服也不会感到寒冷，中央空调嗡嗡地朝外喷着暖气。不用赶时间，不用匆忙地吃早点。不用手忙脚乱地把昨天没有做完的作业胡乱地往书包里塞。

一个人打着手电在被窝里看书的日子成为了遥远的过去。

但是改不了买书的习惯。

经常会买回很多书，却没时间看，于是一本一本漂亮地码在书架上。

曾经因为一本书哭泣或者欢笑的日子成为了遥远的过去。只剩下无数个在沙发上不小心睡过去的夜晚，胸膛上摊开的书本在灯光下泛出模糊的光。

一个人逃课去买 CD 的日子成为了遥远的过去。

曾经为了买 CD 而不吃饭的日子也成为了过去。高中的时候经常一个人在晚上戴着耳机去操场散步，稀疏的路灯只能投下更加稀疏的光线，空旷的足球场在夜色里黑暗一片，黑暗中传来起落的人声，才知道有更多的人像浮游生物一样在这块巨大的空地上移动着。我在听耳机，别人在干吗呢?

而现在家里已经连 CD 架都不用买了，iPod 换了一个又一个。电脑上，车上，都是 iPod 的系统。那些书包里放着一张一张反射着彩虹光芒的碟片的日子，成为了遥远的过去。

在图书馆度过一个又一个阳光灿烂的下午的日子成为了遥远的过去。

记忆里无论是高中还是大学的图书馆，都是永远浸泡在温暖的阳光里的。毛茸茸的光线抚摸过头发与耳廓。高大的香樟或者泡桐在窗外投出泼墨一样的树荫来。

似乎学校里永远都是这样两种植物，香樟或者泡桐。

而毕业之后，再也没有，或者说再也不会去图书馆了。需要的资料信息，有伟大到可怕的网络提供一切。那一排又一排高大的书架，那些白色的被风吹动的窗帘，那些站在窗帘下看书的光线下的少年，那些坐在书架之间狭窄区域的地面上翻书的女生，这些这些，都随着记忆里升涨起来的潮水，卷向了更加遥远的海域。

悬挂在心上的倒计时

怀石逾沙

1倒计时

不断接近某一件你知道一定会到来的事情，可以有无数种心情。

在每一声嘀嗒嘀嗒里，世界都在缓慢而不可重来地改变着它的样子。

这个世界上充满着各种各样的倒计时。

关于香港回归的倒计时。关于澳门回归的倒计时。

关于春节零点的倒计时。

关于奥运会的倒计时。

那些随着数字而越来越强的期待感，随着数字而越来越近的美好事物，其实并不能引起我们太强烈的注意。可是——

高中的时候教室背后的黑板上，班长每天都会将“离高考 ×× 天”的那个数字减少一个。在写完新的数字后，关上空无一人的教室的门。

那个时候每天都会刻意地避开后门进出教室，不想看到那个飞速减少的数字，但是持续的压迫感每天都在心里筑起更高的墙。封闭着所有出口，截断一切退路。太阳在围墙边缘淌下软绵绵的光。

其实在离高考还有五天的时候学校就放假了，于是那个倒计时也就没有持续更新下去，没有人再来关心这块曾经拉扯着心脏的黑板。一直到高考结束一个星期之后的返校日，才重新看见它。混浊的日光下，上面依然是“离高考还有 5 天”。

落落推荐来的一个网站上，有关于你什么时候死的倒计时。嘀嗒嘀嗒的数字，看上去非常庞大，却也流逝得很快。心脏莫名抽紧的痛觉，在脑海里寂静地爆炸开来。

本来无论用多么复杂的形容，多么庞大的字数，都无法书写清楚的生命，突然就换成一排嘀嗒跳动着的数字。幸福，悲痛，伤心，平淡，厌倦，痴迷，狂热，冷漠，憎恨，热爱，与谁谁谁一起接吻的那十秒，与谁谁谁拥抱的那一分钟，在某栋陈旧的楼房里居住的某一个三年，在某个超市每天花去的一分钟，谁开车的时候抽出一只手来握住另外一只手，谁对着倒后镜做了个亲吻的表情。遇见了谁，和谁谈了一次恋爱；伤害了谁，再也不想见到谁……统统是一串触目惊心跳动着的数字。

你离毕业还有多少天。

你离青春不再还有多少岁。

你离老去还有多少年。

你离死亡还有 1892160000 秒。

你自以为无限无限漫长的生命，只剩 1892160000 秒。

2 生病

不知道有没有人和我一样，想过生病到底是一种什么东西。

连续发烧三天，让我连下床倒杯水喝都觉得天旋地转。

但是却会在躺到床上的时候，感觉出前所未有的清晰的思绪。像是放大了所有记忆里的细节，双击了播放器，拧动了音箱音量，于是看见了更加清晰的自己的人生。

好多后悔的事情。

好多懊恼的事情。

好多现在必须用“如果当初没有……”和“要是那样就好了……”去追忆的事情。

可是人生永远都在朝着前面冷静而残酷地迈进着。

像是站上了永远不会停止的跑步机，如果停下来，就会被卷进机器的传送带和齿轮里。

于是也就只能背负着无数后悔和懊恼的心情，继续朝着未来走去。

那些曾经被我们错误选择的分岔口，被我们错误放弃的分岔口，那些曾经被我们错误选择的人，被我们错误放弃的人，都变成细小的针芒，顽固地扎在心脏上。

如果不要贪图风度而少穿一件衣服。

如果不要贪图美味而乱吃东西。

如果不要仗着年轻而没日没夜地熬夜。

那么就不会生病。

也就不会有闲下来的时间，来思考这些用“如果当初没有……”和“要是那样就好了……”开头的事情。

其实每一个人的人生都会这样缓慢地过去。曾经还在为着考试烦恼，而仅仅一转眼，就义无反顾地奔向了成熟而冷酷的生活。

试卷折成的纸飞机，在某一场大雨里泡软变形，那场持续下了整整一个夜晚的大雨，把我们每一个人的青春都淋成了湿漉漉的回忆。

我该用什么样的心情来回忆你?

我该用什么样的心情来珍惜你?

如果当初没有那样，就好了。

3 故地

曾经居住过的地方，曾经到达过的地方，曾经留下过美好回忆的地方，还有再也不想提起的地方。这些地方，都可以称为故地。

2004 年的时候去过云南，当时走了好多的地方，沿路经过丽江、大理、香格里拉、蒙自、曲靖……

在少数民族聚集的地方也尖叫着拿起筷子吃了盘子里密密麻麻的肉虫子。

也捏着喉咙尝试喝过一碗生的猪血。

记忆里是茂盛的阔叶热带植物，曲折的盘山公路从遮天蔽日的树木底下穿行而过。中途还看见了出没在路边的野象。后来听当地人说，野象很难遇见，连他们都没有看见过。

我怀着紧张的心情慢慢朝它们走过去，然后转过身，对着镜头紧张地微笑，比出剪刀手的样子，留下了珍贵的照片。

在我往回飞快逃命的时候，其实野象在我身后依然安静地站立着。穿过树木的阳光涂抹在它们身上。

在我回过头去的那一刻，我竟然很羡慕它们。

还有无数燥热难当的夜晚。结束了活动之后，随便寻一处街边的小摊，炭火燃得很旺，把上面用竹签串起来的各种肉类和蔬菜烤得噼啪作响。

当地人热情而好客的语气，还有被炉火烤得通红的脸。

周围是密密麻麻的飞虫，在夜晚的灯光里异常活跃。

而当 2007 年再一次来到云南。

那些曾经的记忆都一瞬间渺无踪影。

走过的路，听过的话，唱过的歌，统统都不再记得。

——哪，你说难道真的是这样吗？我们会那样轻易地忘记自己的过去。忘记我们曾经的样子，忘记我们心血来潮做过的事情，忘记我们蓄谋已久的一句告白。

当我依然躺在商务车最后一排宽大的座位上时，我看着窗外盘旋而过的无数条公路，一时间觉得自己从来没有到过这个地方。

茂盛的热带植物没有看见过，皮肤黑黑的少年少女没有看见过。

热辣的食物没有品尝过。

叮当作响的银饰没有抚摸过。

只记得在车上昏睡过去的一个又一个小时，偶尔睁开眼来是窗外被乌云笼罩的阴霾的天空，醒来后脖子剧烈的酸痛感。

记忆里只剩这些残存的片段，闪动着微弱的光，提醒着耗去的时日。

4 前往七年以前

我的一个习惯就是上厕所的时候一定会看书。

而昨天晚上顺手带进厕所的竟然是我出版的第一本散文集《爱与痛的边缘》。

翻到最后一篇文章竟然发现标题是“2000 年春天”。

原来我在那个时候已经开始写作了，我一直觉得自己是 2003 年才出道的。

那么仔细地想来，七年了？

七年前的自己还在为了“新概念”作文考试拼命，而到现在，已经几乎听不到关于这个比赛的消息了，尽管每一年还是有很多很多的学生把自己的梦想装进信封里投递往上海那条长满了高大法国梧桐的巨鹿路上。就像曾经的自己，顶着烈日，把沉甸甸的信封投进墨绿的邮筒。

在信封掉落到筒底的时候，那咚的一声回响，像敲打出出发的信号。

七年前的自己，骄傲而又自卑，像所有懵懂而又天真的小孩一样，去了上海。

而现在，当我每天坐在旗舰轿车里穿越过外滩繁华奢靡的无数世界名牌的橱窗，穿越过日益增多的摩天大楼，我再也想不起当初从地铁里出来第一次看见人民广场的样子。那个时候觉得上海真像是虚构的城市。

七年前的自己，在一个下着蒙蒙细雨的夜晚，走在一条长满法国梧桐的马路上，满地都是湿漉漉的红叶，我手上提着沉甸甸的刚从超市买回来的饼干。心里是更加沉甸甸的梦想。

我不知道我当时有没有哭。

我只记得当时像要把一切都压缩成最清晰的底片，放进心里。

带走它。

5 云之上

全公司的人一起去峨眉山玩。

走到山脚下的时候，周围都是过往的行人，而越往上面走，行人越少，大多数人都选择了坐车。

等我们差不多拖着半死的身躯赶上当天最后一班索道上达金顶的时候，大家在缆车里非常没用地尖叫着说“好美啊太美啦”，所幸是全天最后一班缆车，整个车厢里也只有我们几个，所以还不算是很丢脸。

脚下的山峰只有一两个尖顶露在云的外面，下面都被浓厚得像是牛奶一样的云层浸泡着。

无数缭绕的雾气，再加上金光闪闪的庙宇和巨大的佛像，周围被刻画得如同仙境一样。

真的是要到了这样的高度，才能看见最美的风景吧。

只是周围的温度也不得不让我们去租了厚厚的军大衣。

其实和人生很像呢。

都是越往上面人越少，到最后能陪着你一起看风景的，永远只有身边的那几个人。要经过痛苦，要经过寒冷，要经过争吵，才可以看见脱离庸俗喧闹的人间的美景。

第二天早上，冒着寒冷的雨去等日出。

从天黑就摸索着朝山崖绝壁前进。然后在冷雨里哆嗦着等天亮。尽管当地人说下雨有可能就看不到日出，但是还是很不甘心地去了。

结果当真如此，凌晨五点就起床，然后在寒冷的雨里头发衣服都被打湿了之后，依然没有看见日出。

这更像人生了呢。

夏天的躁郁症

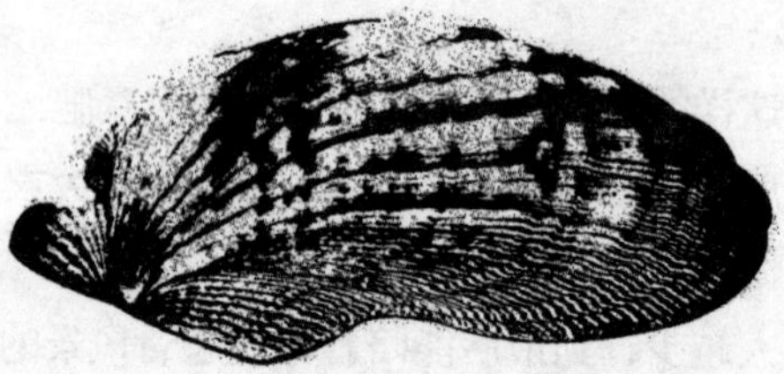

1

在过去很多很多个夏天，我最常做的一个动作就是抬起头咕噜咕噜喝下一大瓶刚从便利店冰柜里拿出来的雪碧，以此逃避夏日快要让人发疯的高温。

消耗掉的雪碧和气温成正比，和心情也成正比，唯独和钱包的体重成反比。这在我稍微不控制就会捉襟见肘的中学时代是经常发生的事情。

买了好看的书就不能买好听的 CD，买了帅气的衣服就不能买漂亮的日记本，买了漂亮的日记本就不能喝大量冻出冰碴来的雪碧。

我人生每到夏天就会出现的躁郁症，应该是从那个时候的夏天开始的吧。

只是当我到了现在，不再为捉襟见肘的生活费而发愁，买了很多书却没时间看，仅仅只是堆在书架也不要紧，偶尔丧心病狂地花大价钱买一个帆布背包也无关紧要的时候，躁郁症却没有丝毫减退的迹象。

似乎并没有满足躁郁症和钱包体重成反比的定律。

反而是花的钱越多，就越感觉到烦。

2

我认识的一位女士，她从事图书行业非常多年，资深的她编过一本书，和抑郁症有关，书里面没有什么字，页面大量留白，哗啦啦翻过去，满眼都是大团大团乱画的黑线，以及各种抱怨的语气和发泄的心情。

我是在飞机场候机的时候看到这本书的，于是在登机前买了下来。书其实没有太多实质性的内容，所以短短的两个小时的飞行过程里，我就哗哗地在飞机黄色的阅读灯下读完了。非常符合书名的情形是，我的心情也被那些密密麻麻的大团黑线缠绕住了。

原来这个世界上，很多人都有类似的心情。我不是天地间唯一的一个。

3

但我的躁郁症会在每个夏天准时来临而已。

全世界就算不止我一个，应该也不会很多。

4

2001 年的夏天，我住在离学校步行五分钟路程的一栋四层的私人老公寓里。房东住在一楼，我和学校其他的学生分别租下了剩下的三个楼面。房子很旧，水泥砖墙的结构，房东为了增加收入，把楼面用木板隔成蚂蚁工房般的小隔间，出租给我们贫穷的中学生。

那个时候，小蓓也从学校的宿舍里面搬了出来，她的理由是“老鼠和蟑螂并没有和我一样交住宿费，凭什么老娘需要和它们同住”，于是第二天就风风火火地从学校里搬了出来。并且她非常果断地仅用五分钟的时间就决定了一个新的住处。离学校也是步行五分钟的路程，只不过和我不是同一个方向而已，所以从我住的地方走到她住的地方，要花上十分钟。

我形容自己的那个差不多五平方米的小小房间为摩托车停车库，而当我被邀请去参观小蓓新租的房间的时候，我觉得她家停下一辆东风载重大货车完全不费力气。

我胸闷的地方并不在于她的房间可以停下一辆货车，而是在于，货车车库和摩托车车库，租金是一样的。

为此我的房东公寓院子里的那个水龙头三天放不出水来。我发誓我并没有做任何手脚。

每天晚上十二点之后，房东会把楼上的水都切掉，所以，在夜晚闷热的十二点之后，连冲个冷水澡也是不行的。

当年少激动的我躺在被汗水浸湿的凉席上郁郁寡欢不得入睡时，我恨不得可以搞到一本房东的家谱，然后从头到尾一个一个问候过去。

而显然隔壁住的那个女生比我激进很多，我每天晚上差不多都可以听到从隔壁窗户传来的一声尖嗓门的吼叫：“热死了！他妈的我又不是仙人掌！把水龙头打开！”然后就是一声咣当的声音，显然是一个杯子或者碗之类的东西被她朝楼下院子砸了下去。

在坚持了很多天之后，我对于她房间到底有多少个杯子产生了浓厚的兴趣，后来我发现，她每次在食堂喝豆浆的时候，都会拿着一杯豆浆悠悠然地晃出食堂，顺手拿走一个杯子。

再到后来，同楼层的一个高三男生搞来了一个巨大的水桶供我们整个楼层的人分享，差不多可以让一个个子中等的女生站立着淹死在里面的高度。每天十二点之前，就会放满整整一桶。于是在我用大约五分之一的后备水源冲了个凉之后，我对那个男生心怀感激。

后来发现，这个巨大的水桶，也是从学校食堂扛过来的。

那个年代，我们特别会自给自足。

那个时候我们住宿学生的身边都没有父母，十几岁的年纪，开始了一个人的征程。小说里有很多这样的故事，孤独而桀骜的王子，贫穷而多舛的孤儿，怀抱着成为天下第一梦想的佩剑少年，浪迹天涯的吟游诗人。他们都在这样的年纪，开始了属于他们自己的路。

5

听说现在很多高级中学的教室里，已经有空调了。所以我在想，可能再过几年，当小孩子们看见我小说里描写的“头顶风扇转动带起的热风吹在通红的脸上”是不是就跟我们现在看见前辈小说里写的大自然灾害时期“我们一家的粮票用完了，后来听说有粮票的人家也买不到粮食，他们在地里挖出半干枯的根，炖在锅里”一样，完全没有现实感呢?

但是在我的学生年代记忆里，确实永远都会有闷热的午后，头顶生锈的三叶电扇呼呼转动的情景。混合着窗外发白的日光与聒噪的蝉鸣，黏糊糊地笼罩在身上。

每个上课的学生都像是端午节时候的蛇一样，挪动着半停滞的躯体，寻找着各种阴凉的地方。我和小蓓常常以天热为借口，把午休的两个钟头浪费在离学校十五分钟路程的网吧里。大部分时间我在看网页，她在打游戏，有小部分我们相同的时间，在玩《仙剑奇侠传》。那个时候已经离这个游戏风靡大江南北有四五年的时间了，但是我们还是乐此不疲。

我发现自己对某些旧事物抱着异常宽容的心态，永远用一种敝帚自珍的态度将它们小心地安放在我心脏的小小角落。同样还有我从小学一直玩到现在的一款红白机上的游戏《火焰纹章》，几乎每一个暑假我都会重新玩一次。直到有一天，满大街都无法再买到红白机了，于是我就改在电脑上，用模拟器玩。

所以这也应该是我躁郁症的来源。

看见新的东西新的事物，我就会立刻在自己身边拉起警报，其实我真的是一个资讯达人也是一个时尚分子，但是活在这样一个新鲜资讯与事物天天爆炸的世界里，我的躁郁症达到前所未有的巅峰状态。

我需要那些泛着银灰色光芒的旧日事物，给我一丝喘息的空间，让我躲藏在一种安全感里，暂时放置一会儿，我那随时呼之欲出蠢蠢欲动的自卑。

6

上海的夏天永远有最丰沛的雨水。

比热更痛苦的是闷热。比闷热更痛苦的是潮湿的闷热。而上海的梅雨季节，完美地代言了这样最高级别的痛苦。

挂出去的被子和衣服，永远也晒不干，它们仿佛一面一面的旗帜，溃烂在上海的天空下。衣柜里的衣物被褥，从下面一层一层浸染出发霉的味道，再多的樟脑丸也没用。

持续一个月的雨水，哗啦啦地从天空洒下来，像上帝浇花时遗漏下了花洒。

无数的摩天大楼，无数的错综高架，无数的花园洋房，无数的豪宅公寓，汤臣一品和济南路8号，浦东的环球金融中心和南京西路的Plaza66(恒隆)，全部沐浴在连绵不绝的雨水里。黄浦江上数不尽的旋涡。

最先被雨水浸泡发霉生虫的绝对不是这些天价地标，一定会是平凡人等不甘平凡的心。

再多的雨水，也浇灭不了熊熊燃烧的欲望。

《欲望都市》不仅仅是sex and the city，也是the lust and the city。

你能够闻到一股浓烈的，属于上海的颓败气味。它来自于那些绵延几公里的棚户贫民区，来自于年久失修的低矮公寓，来自于拥挤不堪的石库门。上海选择了遗忘它们，它们蒸腾起来的类似植物死亡时的味道，似乎在不停地呼唤。

但人们急着躲雨，急着跑进金碧辉煌的摩天大楼。没有人在乎它们发出的无声的呼救。

7

我渐渐变成了一个不一样的自己。

我心里特别特别清楚这一点。

8

以前的我，总是对任何东西都不屑不屑的，不屑到最后我自己也烦了。我总是清高得不得了，看着晦涩难懂的欧洲文艺电影，听着另类迷幻的摇滚，翻着村上龙吉本芭娜娜，嘲笑着看村上春树的人。后来村上龙和吉本芭娜娜开始流行起来，我就再也没看过他们的书。

而现在，我每个星期都捧着爆米花坐在电影院里，看着蜘蛛侠满屏幕飞，或者《变形金刚》里汽车飞机你死我活，炸药仿佛不要钱，遍地开花，恨不得把地球炸翻掉。偶尔听听周杰伦或者S.H.E也觉得很有意思，追看《美国偶像》和《X-FACTOR》，不过依然远离电视里的好男和快男，哪怕写了快男的主题曲《我最响亮》，也依然提不起观看一群男生哭得死去活来的兴趣。翻时尚杂志多过翻书。看完《德语课》和《人间食粮》也觉得脑袋发痛。

有一种恐惧像是怪兽一样无声无息地朝我靠拢。

怪兽的名字叫作“不再年轻”。

9

不再年轻的定义有好多种。

当你再也没有办法因为一部爱情电影而唰唰地流泪。

当你再也没有办法听到一首歌突然就在车水马龙的路上呆呆地停下来。

当你再也没有办法从千万个人的背影里分辨出你最喜欢的一个。

当你再也不会通宵熬夜看一本悲伤的小说。

当你再也不因为脸上的青春痘而烦恼。

当你再也不愿意在阳光下抬起头观望蓝成一片汪洋的天空。

当你在夏天来临的时候只愿意躲在轿车和写字楼的冷气阴影里。

你已经渐渐地离青春越来越远了。

这是无论你有多么悲伤多么不舍，也无法挽回的事情。

无论保养品和时尚的服饰令你显得多么容光焕发，但是，你永远也没有办法再在太阳下面，仰起略微有些雀斑的灿烂的笑脸。

“漫长的时光像是一条黑暗潮湿的闷热洞穴。”

“青春如同悬在头顶上面的点滴瓶，一滴一滴地流逝干净。”

无论你有多么悲伤，多么不舍。

这是无法挽回的事情。

10

2002年的夏天，日光几乎逼死我。

居高不下的温度让每天的《新闻联播》增加了很多可以填充的内容，某地持续的高温造成什么什么损失，某城市政府提醒民众作好防暑准备。

超市里西瓜的价格一天一天地往上涨，学校小卖部里的大妈，从车上卸下一箱一箱的可乐和雪碧时，挥洒着汗水，和她压抑不住的激动。

而我躺在闷热午夜的床上，心里诅咒着一切与气温相关的东西。

窗外是一望无边的绿色树冠，偶尔有风的时候会响起一阵一阵海浪一样的树林涛声。这是夏天闷热夜晚唯一让人觉得安慰的事情。

油墨的试卷在发烫的温度里永远干不了。

小指到手腕的那一块区域，永远都是一块黑黑的墨迹。

试卷分数刺破微薄的自尊和梦想的气球，眼泪染亮年轻的瞳孔。

无数咬牙切齿的深夜，廉价咖啡的味道扩散进青春的年轮，扩散进烛火摇晃的学生宿舍，扩散进晨曦微茫的清晨雾气，扩散进我们的喉咙我们的关节我们的声音里。

如果回过头去再看的话，我们年少时那一幅绸缎上，一定也有这样的咖啡留下的痕迹。就像是有人把杯子放在了雪白的桌面上，等拿走后，就会留下一圈褐色的痕迹。

装裱我们青春窗棂的，是无数张密密麻麻的试卷。它们幅员辽阔地铺展在我们的世界里。有段时间，它们就是我们的世界。它们将我们的世界圈养起来，小小的生命膨胀在这狭窄的空间里，偶尔有人用带血的手指点破窗纸，用尽力气踮起脚尖，憧憬着外面的世界。

11

一场突如其来的雨水过去。

无数场茂盛的雨水过去。

顶着湿漉漉头发的女生拿着脸盆走过去。

刚踢完球的男生浑身卷裹着炽人热气走过去。

无数场漫长的没有尽头的考试也终于过去。

那一年的暑假又来临了。

12

该用什么样的词语来描绘上海?

如果是形容词，那么应该是发达、浮华、奢侈、小资、文艺、古老，抑或是快速、便捷、冷漠、锋利、虚荣?

如果是名词的话，那么应该是恒隆、中信泰富、伊势丹、美美百货、锦江，抑或是金茂大厦、环球金融、东方明珠、外滩三号、汤臣一品?

如果变成有长度的词条，又或许变成24小时有着冷白色灯光的便利店，两边长满法国梧桐的狭窄街道，四通八达的地下铁，十字路口四个方向可以同时变成绿灯的淮海路中心，汤姆·克鲁斯拍过电影的新天地，以及新天地边上昂贵的华府天地，六月份笼罩全城的梅雨季节，带着海腥味的黏稠云朵，还有灰蒙蒙的金属天空。

四年前，我和痕痕坐在新天地外面的马路沿上，看着来来往往穿着华服的男人女人，穿着廉价衣服、大学生样的我们对他们充满了羡慕。那个时候我还没有染头发，痕痕也没有习惯穿高跟鞋，我们喝着手中的瓶装可乐，眉飞色舞地聊天。那个时候的我们，还舍不得用30块钱去买一杯星巴克咖啡。

而四年之后，我们坐在凯迪拉克里，停在来福士门口，看着过往的人群，玩着“一分钟内过去的人里面，有多少个你可以接受与他/她谈恋爱”的游戏。我们手边就是星巴克在这个夏天大行其道的抹茶星冰乐，窗外是各种各样的男男女女，我们依然眉飞色舞地聊天，但是，却已经没有了四年前坐在马路沿上内心的平静。一分钟过后，我们不耐烦地摇起车窗对司机说：回家吧。

13

我到底离过去的自己有多远？我到底变成了多么不一样的自己？

我来上海后的第一辆价值 120 块钱的自行车，在搬到新的校区的时候，被我留在了我大一大二的那个校园里，我把它停在图书馆的楼下，锁上环形锁，拔下钥匙用力地扔进了湖里。我离开的时候想着自己再也不会回来了，当时的怅然甚至让我有点哽咽了起来。

而第二辆价值 4600 块钱的自行车，我忘记了被我留在了什么地方。

我离一个人骑着单车去上课的日子有多远？

我离顶着还未亮透的清晨开始匆忙往教室里赶的日子有多远？

我离学校门口那家凌晨六点就会开门做生意的早餐店有多远？

离冒着热气的稀饭和馒头有多远？

在我坐着轿车去往一个又一个声色犬马的目的地时，我离曾经一头黑发，背着书包的自己，有多远？

14

曾经的无数个夏天，闷热无风的时间温柔地拥抱着我们年轻而膨胀的身体。

白云像是照片一样，一动不动地定格在蓝天上。无边无际的蝉鸣，海浪般喧嚣地起伏在树荫深处。

那个时候的自己，不会穿衬衣，不会打领带，不会戴胸针，白色的 T 恤和牛仔裤，是夏天里最常见的穿着。

没有冷气的教室，只有头顶生涩转动的风扇。

一晃就是好多年。

15

多少个生日过去。多少年的6月6日里吹灭蜡烛。多少个被吃掉或者被抹在脸上的奶油蛋糕。

每年都有无数的人热热闹闹地给我过生日，但是永远没有变化的都是最开始的那些人。

hansey，阿亮，痕痕，还有离开去了美国的清和。

无数张合影的照片上，他们看上去永远和我在一起。

多么希望真的可以永远在一起。

如果把我们所有拍过的照片，开过的玩笑，一起去过的餐厅，一起喧闹过的深夜，一起看过的电影，一起讨论过的小说，一起听过的音乐……把这些通通变成大大小小闪亮的碎片堆放在我的面前，又或者沿路撒向我已经隐没在暮色里的漫长过往，那么……

16

在我年少的时候，我和好朋友们在毕业纪念册上矫情地写："如果有一天我们不在一起了，也要像在一起一样。"

17

是谁在电话里哈哈大笑要我好好地生活，说我们一定会闪闪发亮，但最后却小声地捂着电话哭起来。

是谁在离别之后每天发着短信关心着彼此，后来太忙就变成MSN聊天，再到后来MSN上永远都是一个安静的绿色小人。鼠标无数次地滑过去，手指却僵硬得无法点击。

是谁说我们要一起周游世界，最后却比谁都离得更远。

是谁悄悄地背好行囊，也没有说一声告别。

是谁在毕业纪念册上挥洒着签名，像明星谢幕时的光彩表演，而到后来，却丢失了手机里联络的号码。

——是我。

18

飞机降落到地面的时候已经快午夜十二点了。

出了机场，把重重的旅行包扔进车后厢里，然后关上车门闭上眼，再睁开的时候，车已经无声无息地开上高架了。

半个小时前的一场暴雨，100 毫米的降雨量，平均地分布在上海的土地上。路面和摩天大厦的外立面墙，都是一层反射着霓虹的湿漉漉的水分。

很早以前听朋友聊起过，说中国也就只有上海和香港，才会在高架边上就是高层的楼房。好像每一辆汽车，都是贴着别人家的窗户呼啸而去。你能够在堵车的时候看一家人聚在一起吃晚餐，他们的眉宇间锁着一层灰色的云，生活的压力让他们寡言少语，只有电视机聒噪而徒劳地撕扯着寂静。偶尔还可以看见有烫着大波浪卷发的女人把白色的床单挂到窗户外面来，汽车扬起的尘土，让床单变得陈旧而发黄。

沿路的霓虹越来越亮。开到外滩的时候，东方明珠和金茂的灯都熄了，只剩下 AURORA 的巨大荧幕依然亮着。看上去很孤单的样子。黑色的江面上停着装点一新的游轮，上面挂满了长串的灯管，不过此刻没有亮起来。我看到过这样的游轮在假日的时候趾高气扬地从黄浦江上慢悠悠地开过去，偶尔船上还会嗖地蹿起一颗巨大的烟花在天空里爆炸。

我也曾经看见过好几艘某某保险公司巨大的广告飞艇，沿着江面，在陆家嘴一幢接一幢的摩天大楼的缝隙之间漂浮着，看上去像极了电影里未来世界的样子。

这就是上海。

我整整生活了五年的城市。

很多时候，我都觉得它像是一个庞大而又寂静的原始洞穴，光怪陆离，长满了前所未有的花。

19

在高三那一年最后的夏天，气温升到前所未有的高度。教室外面的那个温度计在某一天下午突然爆炸了，一小颗水银滚落在走廊的地面上，明晃晃地四处乱跳，有女生尖叫着四下里逃窜，说水银有毒可以致死云云。

教室里依然是一股刺鼻的风油精味道。伴随着窗外炽热的风，往眼睛里唰唰地吹着。

桌面上摊开的《五星物理题库》让人想呕，尽管三天前刚刚和微微一起在离学校半个小时路程的书店里把它买回来。不过我买的是物理，她买的是历史。她在高二的时候明智地选择了文科，于是可以和见鬼的物理化学生物通通说声再见了。可以明目张胆地在物理课上翻《世界历史百科》，也可以用笑眯眯的眼光去看待那张只有个位数分数的化学试卷了。

可是我不行，我依然像个二奶一样，对物理化学生物百般谄媚机关算尽，就算不清楚现在窗外的日照是否是一年中最长的日子，也一定要明白到底钠这种金属有多活跃。尽管我知道自己将来可能一辈子都接触不到钠这种东西。尽管我知道也许将来买房子的时候，一定非常关心日照的强度和楼面的朝向问题。但是又怎么样呢，随便的事儿。

相对于频率越来越密集的考试来说，更加让人压抑的是周围的人的面孔。青色，黑色，紫色，苍白色，怎么看怎么不像活人。

推开窗户经常可以看见篮球场上有高一高二的男生脱掉 T 恤，挥汗如雨地练习着投篮，阳光把他们年轻的脸照耀成健康的古铜色，汗涔涔的后背在阳光下像一面波光粼粼的湖。好像他们才算健康的人，才是享受着年轻生命的族群。

而我们算什么呢？埋在发黄故纸堆里的老学究么？

躁郁的心情随着高温在胸口里膨胀起来，很多时候都觉得自己像是一个沉甸甸的气球，也许什么时候，就突然地爆炸开来也说不定。那个时候会有人哭吗？会有人难过吗？会有人把我炸得四分五裂的尸体伤心地拼到一起吗？还是大家依然顶着那张苍白的脸，不动声色地继续研究两颗球相撞之后动量守恒呢？

我望着讲台上物理老师容光焕发的脸和同样容光焕发的头顶，钢笔在纸上重重地划破了好几层。

20

当我们每一次提到夏天 ——

超市里一定有堆成小山的西瓜。无籽的，进口的，薄皮的。堆成绿色的海洋。

冰柜里各种颜色的碳酸饮料还有各种果汁，拉开门的时候突突地往外面喷冷气。开得太久会有收银的阿姨不耐烦地说："把门关关好，好伐？"

马路上女孩子撑起厚布料的伞，把整个人埋进阴影里，她们踩着高跟鞋走过快要被晒得化掉的马路。

《新闻联播》里，隔三岔五会听到某某城市气温再创历年夏天的新高，或者某某城市出现重大水灾。屏幕上卷动着的昏黄的水流，其实和黄浦江里那些混浊的旋涡没什么两样。

游泳池里消毒水的味道混合着女孩子头发上的桃子味洗发水，无数发烫的身体懒洋洋地泡在慢慢变暖的池水中。偶尔有叶子被风吹下来，啪的一声打在水面上。

而每一个夏天过去 ——

漫长的暑假结束，依然必须每天顶着早早就亮起来的清晨起床，刷牙时看见院子里清晨的露水，在慢慢变强的光线里消失不见。然后一直持续到冬天，刷牙洗脸之后，打开门朝学校走，头顶依然是没有亮透的暗蓝色的天空。

乌云冻僵在天壁上。

教室头顶的风扇被用塑料布包扎起来，慢慢地掉满了灰尘，直到下一个夏天才会拆开来打扫干净，再次使用。偶尔有风吹过，灰尘就簌簌地掉在教室课桌的桌面上。

弄堂里的傍晚，亮灯的时间越来越早，晚饭摆到桌子上，不吃很快就会变凉。

新的一年换了新的春联，但是脚上的运动鞋还是以前的那一双。

我们每一次都会提起夏天，然后再让它过去。

在来和去之间，我们含混不清，却又痛快淋漓地长大了。

21

“每一天，都有梦在心里头死掉。”

很多年以前王菲在歌里这样唱道。那个时候，我们以为这仅仅只是文学家们在歌词里伤春悲秋描摹梦想。

但是很多年之后，长大的我们，终于明白，那是对成长的一种近乎悲哀的预言。

22

起床后在 MSN 上问痕痕今天天气如何，是不是很凉快。因为从书房的窗户看出去，天空离地面很近，矮矮地压着一层浓稠的青黑色云朵。我并没有开窗，但是感觉空气里应该会有冰凉的丝丝气流。

果然，意料之中，痕痕告诉我：嗯，挺凉快的。

然后我就出了门，出门前回了一句：那我穿毛衣了。

23

因为第二天要去北京开发布会的关系，我刻意熬了一个通宵，以调整回正常人的生物钟。

这段时间一直是凌晨五六点才会躺到床上去。看一会儿书，大概七点才能睡着。窗帘拉得很紧，两层遮光的厚重捷克棉可以让整个房间变成凌晨三点上海的旧弄堂。

沉甸甸的黑暗里，偶尔有游动的光。

六点的时候冲了一壶咖啡，坐在落地窗前面翻杂志，上面变形金刚和哈利·波特彼此对打，周杰伦扮演着黑马的角色。娱乐圈永远这么精彩纷呈，用泡沫般的庞大体积充实着所有人空虚的人生。虽然几秒钟或者几分钟之后，那些泡沫都会变成一摊昏黄的水渍。

杂志翻到新的一页，我突然看见自己的名字自己的脸，于是迅速地把杂志合上。

我总是害怕在除了镜子以外的地方看见自己。报纸上，杂志上，电视上，网络上，谁谁谁的 blog 上，谁谁谁的相册里。电视机里突然传来自己的声音我也会迅速地换台。

感觉好像永远都在看别人的故事，别人的经历，甚至别人的样子，别人的衣服。

有一次和朋友打电话的时候，电视里就正在放我的一个节目，因为没空去拿遥控器，就那么让它放着，电话里朋友问：你在看什么啊？

我摆了摆手，回答：没什么，一个无聊的节目。

只是我从来没有想过为什么这么不愿意看见自己。

也许是因为，那个时候的自己，连自己也不认识吧。说着在心里提前背诵好的话语，说着冠冕堂皇世界和平的心愿，美好的笑容，适当的时候表露严肃，偶尔伤心，或者在节目需要的时候眼眶微微有些泪光。因为如果那个时候你不动情，导演会在导控间里喊“停”，然后会有编导下来和你沟通，告诉你“没关系，你想哭就哭，不要隐藏，表露自己的真性情”。

也许正是因为并不认识这样的自己，所以才会不想面对吧。

在喝完一杯蛋白粉，检查了一下今天的工作备忘录之后，我到楼下的地铁站等阿亮一起去公司。我到楼下的时候阿亮还没有到，于是买了两杯星巴克坐在路边的椅子上等她。

周围有四个五官深邃的外国人在拿着旅游画册低声讨论，广场上有一个老人拉着他的狗，一路小跑过去，手臂在胸口和后背甩来甩去。有通宵纸醉金迷的化着浓妆的年轻女子从计程车上下来钻进高档的住宅公寓。

我哗啦啦地翻动着面前的一份免费的报纸，但是再次看见自己的脸。

24

在夏天最后的一场剧烈降温里，我终于还是重感冒了一场。

半夜里因为发烧而从闷热的被窝里爬起来，披着重重的被子去厨房烧开水。没有开灯，蓝色的火苗在黑暗里显得很清楚。

我裹着沉甸甸的棉被靠在厨房的墙上发呆，等水开。

厨房窗外是依然没有停止工作的环球金融中心，24 小时不间断地施工进度，让它在很短的时间里面将旁边的金茂衬托得什么都不是。顶上发出巨亮的照明灯，光芒穿过黑夜，蛮横地投射过来。沉寂的黑夜里，像是有很多模糊而沉重的打桩声，一声一声地传过来，敲在太阳穴上。

头痛。

胸腔里也痛。

在那一瞬间，竟然有些可怜起自己来。嘟嘟响起来的水壶，还有壶嘴冒出的白色水汽，呼啦一团蒙在脸上，让眼睛发涨。

某个时候江面上会突兀地响起一声沉闷的汽笛声，把厚重的夜色搅碎。

好像人越成长，越只能用含混模糊的语句，去形容自己的哭。比如“眼眶发红”“光线刺眼”“呼吸混浊”。而年少时候的自己，却可以在文字里肆无忌惮地使用着“泪流满面”“伤心欲绝”这样的字眼。

每一个人，都在不断地厌恶和抛弃着从前幼稚而可笑的自己，软弱而做作的自己，每一个人都在朝着更加完美的方向进化着。在穿起 Prada 的今天，绝对不会再提起因为买一件 G-STAR 而兴奋异常地过去。在已经开始听起摇滚或者歌剧的今天，绝对不会再提起以前对流行偶像的痴迷。在留着汤尼英盖剪的发型的时候，绝对不会再想起自己以前丑陋的刘海。于是每一个人，都用当下最完美的自己，来面对着周遭的人。

渐渐被自己埋葬和隐藏的过去。

只是有一些人的成长，被固定在所有人的视线里。无论时间过去多久，记忆衰败多久，都还是有无数事物像是档案馆里的证物一般，向所有人提醒着你的过去。

好像我就是这样的人吧。

过去的文字，过去的照片，过去喜欢的衣服，过去喜欢看的书，过去的心情，过去的心境，过去的心智，统统像是泡在福尔马林里一样异常鲜活。

人们随时提醒着你的过去，怕你忘记，怕你过得太过得意。

当人们在翻看你十七岁写的文字的时候，他们的评价是“真想不到一个二十四岁的男人竟然如此无病呻吟”。

在他们看见你以前的照片的时候，他们的评价是“他不是号称自己品位很好吗，怎么穿着如此糟糕的衣服”。

在他们谈论到你近日的新闻的时候，他们的评价是“哎哟，你不知道当初他念书的时候，和我是同学，在学校里和我们一起排队买珍珠奶茶，那样子也很穷酸啊”。

等等诸如此类的过去。

那种感觉是——

25

那种感觉，就像是多年前的自己，亲手挖开泥土，在里面埋进无数锋利的兵器，等到多年后被别人挖出来，用力地向自己挥舞过来。

26

所以越来越不敢写散文，越来越不敢写日记，越来越不敢拍照。

也许可以定义为长大了，安静了，成熟了。

但是从前那个锋芒毕露的自己，那个棱角分明的自己，却是在什么时候，和我分道扬镳的呢？我不知道他选择的哪条道路前往，甚至回忆不起他在哪一条分岔对我挥手说了再见。

那个背起行囊独自远行的自己，在很多年后被人们从文字里发现，那个性情直率，有时候顽固，有时候软弱的自己，在很多年后，被人们讽刺和嘲笑着。或者也被很多人怀念着，感动着，崇拜着。

他并没有消失在人们的记忆里，他被很多人记得。

27

分针秒针嘀嗒嘀嗒，像一种神秘的计时。

在空旷的房间里响起来，在半夜的寂静里响起来，在孤单的心脏里响起来。

有时候早上六点起床，有时候中午十二点起床，有时候下午六点起床。有时候晚上八点才起来，然后十点又睡了。

时间被某种情绪敲碎，均匀地撒在身体里，转动关节，调整方向，都会有碎片嵌进肌肉血管。

慢慢消耗的生命，青春，还有被墨汁涂黑的梦想。

28

好多年前，叶蓓唱着“很旧很旧的风在天上”。

很多年后，她在湖南卫视光彩夺目的舞台上劲歌热舞，流泪煽情。

有很多东西过去了就是过去了，在我们的青春里哪怕敲打下再重的烙印，也终究会被我们万能的治愈康复能力，磨平一切的伤痕和印记。

年少时才有爱和梦想。

年少时才有最干净的爱和最纯粹的梦想。

长大了的我们，丧失了获得的能力，却不断地丢失着过去。像是沿路从怀抱里散落下来的玉米，一路走，一路丢。

崔健抱着麦克风唱：为何你总是笑我，一无所有。

我觉得他看起来像是在哭啊。

29

2002年毕业的夏天，我在学校湖边的草地里埋下一个铁盒子。

盒子里有一些我用过的作文本和英文本，它们都非常好看地被批注着“好”和“good”。同样在里面的，还有被我揉皱了无数次的满纸鲜红的数学试卷。

在这些终将化为灰烬的纸张上面，是一把小小的钥匙。可以打开当年高三（3）班第四排最左边的抽屉。

也许当所有纸张承载过的光荣和耻辱都化为黑色尘土的时候，这把钥匙，依然顽固地存在着。也许有一天，还可以打开曾经陪伴了我青春岁月的那个课桌。

那个课桌抽屉里没有万能的机器猫，只有我在上课无聊的时候，在无数个夏天昏昏欲睡的傍晚，随手写下的，可以称之为梦想的涂鸦。

所有灿烂辉煌的涂鸦，都会被更加灿烂的涂鸦覆盖而过。

最终在那面墙壁被推倒的时候，轰隆一声化为飞扬的尘埃。

谁都不会知道，几年前那些摩天大楼下面，绚烂的梦想曾经被涂抹出年轻的形状。

30

9月的日照慢慢变短。

但是上海的天空依然可以在五点半的时候亮起来。

有时候是低压压的乌云，有时候是蒙蒙的细雨。从落地窗望出去，整个城市都是萧索的样子。

好像也应该慢慢进入秋天了吧。

那么，拥有冰淇淋，西瓜，烈日，超市里强劲的冷气和公车上酸酸的汗味的夏天，终于成为被翻过的一页了。

但是人生却是一本不同寻常的书，我们将这一页翻过，却会在明年的这个时候，再次翻回这样的一页。

这样写满整整一页的夏天。

这样写满整整一页的躁郁心情。

又会重新开始。

但是，我们却再也回不到已经过去的那一个夏天。

过去的任何一个夏天，都被打上了死结。

人间森林

(图案可扫描)

1

有一个心理测试是这样的，当你在一条陌生的道路上前行，然后突然遇见了一片森林，森林的入口有两条分岔，一条的远处隐隐有炫目的灯火，以及欢愉的歌声；一条的远处消失在黑暗的尽头，一片无休止的寂静，那么你的选择是?

2

每一个人在面对自己的内心的时候，都觉得自己是正义的一方，善良的一方；而站在自己对立面的人，一定是邪恶的，讨厌的，内心阴暗的。

就像站在善恶两极的中间地带，我们一定是面朝善的那一处，而背对无穷无尽的恶。

这些其实都来源于我们与生俱来的强大本能。保护自己，防备敌人，存活下去。

生物最基本的本能。

3

当你到达某一个年纪的时候，你就会开始听见自己身体里，某一种类似沙漏的声音，那是你的青春和妄想，正在飞快地流逝。

人会慢慢地变老。

在我们以前的定义里，外公外婆，正在渐渐地变老。

而现在，我们觉得父母正在渐渐地变老。

而当某一些时刻，你会觉得，甚至是自己，也在渐渐地变老。那种类似沙漏的声音，很清晰地跳动在身体里面，像是一种掺杂着宁静悲伤的呓语。

渐渐地不再喜欢热闹的 KTV 和喧哗的夜店，哪怕记忆里的高中毕业聚会依然鲜活，KTV 满屋子飞甩的啤酒泡沫，和混杂着尖叫和哭喊的醉后心声。朋友的聚会往往被安静的下午茶代替，小区里顾客稀少的“甜蜜生活”是我们几个经常的去处。玫瑰茶或者凝神茶，讨论的话题偶尔会突兀地出现婚姻或者小孩这样的字眼。

如果人生的路途真的类似这样，走到某个既定的时刻，你会面对到这样一个“接受老去”和“坚持年轻”的分岔口，你会选择哪一个呢?

一边是依然歌舞升平的璀璨热闹。

一边是即将静默无声的缓慢长路。

4

在我们传统的善恶观念里，有很多很多的分岔口。

白素贞的传说里，她是一个至情至性的好蛇妖。救世济人，送药治病。我们在电视机和书本前面为她流下同情的眼泪。因为我们同白蛇站在一起，面朝着善良，背对阴暗。但是我们很少会去假设，完全不认识白蛇的那些平民百姓，当他们的家人因为一个蛇妖掀起的滔天巨浪而命丧黄泉，他们苦心守护的家园一夜间化为废墟，他们应该如何去评价白蛇呢？

宽以待人，严以律己，在这个世界上就像是神话故事一样不可存在。

我们永远在给自己寻找各种各样的借口，把自己推向善良光明的领域，哪怕代价是需要将别人推向万恶的深渊。

5

“不得已”这样的话，听多了，会觉得格外地厌烦。

6

李锐的《人间》里写到，白素贞受到佛的启发，说，你要想变成人，那么就冥想。

于是白素贞躲进了峨眉山的白龙洞里。

第一个千年，她一直在想，我要有一个人的身体。于是一千年过去，她有了人的身体。

第二个千年，她又开始想，我要有一副人的思想。于是一千年过去，她又有了人的思想。

第三个千年，她就开始想，我要有一颗人的心。在第 2999 年的时候，白龙洞外一个老婆婆被老虎扑倒在路边，白蛇听见呼喊声，于是冲出洞去救她。但是老婆婆突然消失了，剩下那只老虎变成菩萨，对她说，看来你还是不了解人的心，你没有学会人的无情。

7

上海我最喜欢去的餐厅里面，萤七、无二、穹六排名比较靠前。安静，人少，不太容易受打扰。

它们连同台湾、北京的竹一、砚三、泷四、泉五、玄八，统称为“人间”。

朋友说，人间真是一个五味杂陈却又残酷冷漠的词。

他在说的时候，其实就选择了那一条，通往黑暗的静谧的道路。

8

记忆里可以用《人间》来作为标题的一个场景是——

有一天中午去楼下的大卖场买东西，地铁的入口处，坐着两个人。其中一个老太太，衣着非常朴素，但是格外干净，面前的竹篮里放着很多新鲜的栀子和茉莉，白色的花瓣上是剔透的雨水。她捏着细细的针，拿着白线对着阳光眯起眼，花了很多工夫把线穿进针里去。然后开始把一朵一朵的栀子串成可以吊在胸口或者背包上的挂件。又把那些茉莉的花骨朵，串成一串一串的长项链。偶尔有路过的女孩子掏出 5 毛钱，买下两串来，随手挂到包上。

而在这个老太太旁边，坐着一个衣衫褴褛的中年人，他厌倦而疲惫地靠坐在地铁口的墙上，面前一个搪瓷饭盆里，丢着零散的铜板和纸币，偶尔有过往人群看向他的时候，他就飞快地在地上开始啪啪地磕头。

这也是我们非常熟悉的人间。

9

在网上看到一则关于我的留言。类似这样的留言也有很多。

那个读者说：我承认曾经我在高中的时候非常喜欢他的书，他的书在那个时候陪伴了我，给了我很多的鼓励以及共鸣，也带来了很多的安慰，让我度过那段时间。但是这么多年过去了，他依然在重复着这些老掉牙的东西，难道他就没有成长吗？一副“我不想长大我不想长大”的样子，看了让人鸡皮疙瘩都起来了。我反正是早就不看他的书了。现在回过头去，再看他的那些文字，都是一些为赋新词强说愁的所谓的青春的困惑。在已经大学毕业的我看来，格外地幼稚。真心痛惜自己当初买他的书花的那几十块钱，早知道就买盗版了。真为自己以前也喜欢过他而感到耻辱啊。

那些“陪伴了我”“给我鼓励与共鸣”“安慰”都不再被提起，只剩下对几十块钱的懊恼。

可是她却没有想过，在她“早就已经不看他的书了”的这段时间里，也许我以远远超过她想象的速度在成长呢。

那些曾经带来过的“鼓励”与“安慰”，连几十块钱也并不值得吗？

或许真的应该为“曾经的自己”而“感到耻辱”吧。

10

当你每一次朋友聚会，无论吃饭看电影打车唱KTV，都是你掏钱买单；当你因为对方工作失误而当着全公司的面扣下了对方的500块奖金，但是私底下却悄悄地给对方1000块作为补偿；当你尽心地为每一个人的生日庆祝；当每次对方问你借钱，无论是5000还是十几万，你都从不犹豫的时候；当你在做这么多事情的时候，你有没有想过有一天，别人对这一切的评价是说：“他对金钱非常吝啬。”“工作不好就会被扣钱。”“他竟然要我写借条。”

也许我唯一没有做到的事情，就是把我努力赚来的钱，统统平均分给每一个人。

在这个世界上存在着很多很多异常强大的东西，是我们渺小的生命和情绪所不能抗衡的。

肆虐的洪水和剧烈的地震，火山喷发或者海啸台风，旷日持久的战争和四处遍布的灾荒。

和这些并驾齐驱的，还有一种东西叫作金钱。

每一个人，都可以被这些强大的力量，碾为细小的粉尘。

11

也许所有的人都没有注意到，我们听过的那些美好的童话、善良的传说、感人的故事，所有的这些都有一个如出一辙的开头：

——在很久很久以前。

那么我们所生活的当下，是不是早就是一片荒芜的沙土，善良根植在另外一颗遥远的行星，而自私和恶毒，是头顶厚厚的乌云。

远处传来的遥远年代的洪荒之声，它们在告诉我们，在很久很久以前。

12

我有很多很多的照片我自己都没有看见过。

签售的时候，活动的时候，出席各种场合和典礼的时候。读者们，记者们，咔嚓咔嚓地按动着手中的相机。我最终得以看见的不及百分之一。

有一张照片一直在我的记忆里，那是在武汉的签售。马路的这一面，是一个女孩子的背影。很普通的一个女孩子，甚至看背影也可以说“算不上漂亮”，扎着马尾辫，双手抱着一堆书站着，安静地望着马路的另外一边。

而隔着宽阔的马路的另外一面，是黑压压的无数的人群，他们手里都拿着一本相同的牛皮纸封面的书，人群的核心被包围着看不见。只有人群上方的一条巨大的横幅，“《悲伤逆流成河》签售会”。

这是一张图片里完全没有我，却又与我息息相关的，黑白照片。

13

在我们并没有这样成熟的时候，我们使用的词语是“世界”“天下”。

而现在，我们开始讲述人间。

“烟火”这个词语，在无数华丽的悲伤的文字里出现过，在夜空里展示它们的寂寞和悲伤。

但是很多时候这个词语并行在人间之后，变成“人间烟火”这样一个有时候温暖有时候冷漠的成语。

14

醉笑陪君三万场，不诉离伤。

那么多的过去，我已经不愿意再提起。和过去比起来，未来的未知与强大，足够耗空我们所有的精力。如果心有余力，在某些宁静或者舒缓的场合，可以重新闪回一些过往的片段，那些如同闪光宝石一般镶嵌在年少身躯上的记忆，在黑暗里呼吸般地明明灭灭。

所有关于我们的记得，都敌不过将来所有关于我们的忘记。

在这残忍的人间，在这冷漠的人间，在这虚荣的人间，在这浮华的人间。

在这温暖的人间，在这感恩的人间，在这朴实的人间，在这永恒的人间。

15

那个心理测验是这样的——

当你选择了那条远方有炫目灯火欢愉歌声的分岔，那么你是一个活在回忆里不愿意面对改变的软弱的人，你念念不忘以前的美好时光，不愿意前往未知的未来。你贪图熟悉的环境不愿意改变，但最后却会被改变弄得措手不及内心巨大失望。

当你选择了那条消失在黑暗尽头与永恒静默的分岔，那么你是一个对过往不太怀念的人，客观、理性，甚至有些冷漠。对未来怀着各种不好的预感和打算，但是却偏执地前往，你最后往往会孤单一人，封闭内心。

殊途同归。

是否在人间的这样一条漫长道路上，停下来才是最好的选择？

听见的世界

1

有一次在书店里，我和我的几个朋友在选书，看见一本打着自己的名字但是却完全和我没有关系的书摆在桌面上，我好奇地拿起来看。

然后我身边的两个女人，用鄙夷的目光和嘲笑的口气，也拿起了这本书，说：哎哟，又是郭敬明，我看见他的名字就好想吐。”

那个时候我有点想摘下自己的墨镜和帽子，不知道她看见我的人会不会更想吐。

2

我们每一次听见自己从来不知道的事情，或者惊讶的事情，第一反应都是：“真的啊？”

但是我们很少会说：“假的啊？”

无论我们是什么样的心情，或者对方说的话有多么地不符合逻辑，但是我们内心里，都在第一时间悄悄认定了那样的事实，就是：真的吗？

然后我们就转述给下面一个人，中间记不清楚的细节，就自己凭借想象去填补。然后再次听见别人说：真的啊？

3

有时候会遇见这样的情况，喧闹的场合，KTV 或者夜店，新认识的朋友彼此聊起来，发现他也认识自己的好朋友，在寒暄几句之后，却突然听到类似“不过他背后却不是这么说你的哦”或者“他这样和你说的吗”之类的话。

那一瞬间直觉就是“为什么我的朋友会这样”。

而不是“他在说谎，我的朋友怎么会这样”。

4

人越成长，内心就会慢慢地开始封闭吧。

像是曾经随便玩耍的操场，慢慢地扯起了铁丝网。荒草在里面肆意生长，而外围人来人去，不得入内。

黄昏过去。黎明过去。飞鸟过去。白云过去。

那样寂静而又庞大的一个操场。

中央站着幼小的一个自己，孤单地拍着皮球，或者搭起积木。

5

年轻时候的自己，喜欢好多好多的偶像。那个时候的自己，活在偶像的世界里。而渐渐地长大，却开始想知道，偶像生活在什么样的世界里。

蔡康永说，其实偶像都是一群被宠坏了的漂亮小孩，他们使用着昂贵的玩具，他们不用做苦力的工作，他们被所有人宠爱，他们穿着漂亮的衣服站在舞台的中央目光的中央。

可是其实也不完全是这样。

有时候偶像却像是被人嘲笑的流浪的小孩，他们被人指指点点，他们被人肆无忌惮地观赏，路人丢了一块钱给他们，他们就需要跪下来扑通扑通地开始磕头。他们被教育成必须善良友好地对待所有丢钱给你的人们；他们被教育成无论别人用怎样的目光肆意打量你，你都不能有不高兴的情绪；他们被教育成无论多晚多累，当别人丢来一个铜板，你就开始跳舞唱歌，翻跟头耍猴戏。

好像都是很极端的比喻。

有一次的签售会上，一个读者买了我的书，但是并不是当天搞活动卖的那本，因为人实在太多，时间有限，所以她的那本，就没办法签。

当工作人员这样告诉她的时候，她就把书朝我面前狠狠地一摔，砸在我桌子上，说："我买了你的书，你拽什么？你就是这样对读者的吗？"

很多个晚上。凌晨一点，凌晨两点，凌晨三点……都会不断地有电话或短信闯进我的手机。

很多短信是这样的：

"你是小四吗？我好喜欢你的书。你可以陪我聊天吗？"

"是你吗小四？我好喜欢你哦。"

在没有得到回复之后，短信变成这样：

"你不就是个作家吗，拽什么，基本的做人礼貌都不懂，我竟然喜欢你这种人。"

"我知道你这个时候还没睡，装什么！"

而很多时候电话接起来，对方都是一阵嘻哈乱笑，然后就把电话挂断。

或者，有时候接起来，问对方有什么事，对方说我想和你聊天，我说我不认识你，对方说聊聊就认识了。我就把电话挂了，之后就开始不停地打。

到最后我实在受不了了，接起来，然后听见对方说："你神经病！"然后对方就把电话挂了。

还有很多很多这样的时刻。他们觉得自己丢下了一枚铜板。

——喂，我已经丢来了铜板。你为什么不起来唱歌，不起来跳舞？你不是永远都充满活力光芒四射吗？

6

有好多时候，看着自己的各种负面新闻，光怪陆离，像是别人的故事。

到现在每一次接受采访，也能很平静地说：“不在意，做好自己的事就行了。”

可是真的完全不在意的人，未免也活得太过冷血了吧?

我们每一个人，都喜欢别人对自己的赞美，都喜欢听见别人对自己的支持。听见鄙夷的声音、诬赖的声音、阴险的声音，心里不会完全没有波澜。

每一个偶像，都活在别人的目光和话语里。他们对抗着世界的冷漠和伤害，最大的力量就是喜欢着他们的人，对他们的喜欢。

——请继续支持我。

——请相信我会继续努力的。

而在这些话语的背后，没有说出来的话是：

——请不要放弃我。

——请不要讨厌我。

——请继续喜欢我。

7

上海下过几场雨后，就渐渐进入冬天了。

我终于穿上了厚厚的冬衣。外套里毛茸茸的毛衣像是一床暖被一样裹紧身体。

星巴克的咖啡生意变好了，很多穿着大衣的人匆忙地推开玻璃门，拿着一杯热气腾腾的咖啡钻进计程车里。

我开始一回家就把中央空调打开，晚上在电脑前写东西，会开始披一床厚厚的白色被子。

写字楼的大堂里，是热烘烘的暖气。

大商场里纷纷挂出了厚重的御寒外套。

我们在每个冬天来临的时候，想尽了各种办法抵御寒冷。

就像我们在人生漫长的路上，想尽了各种办法，用冷漠和坚强，包裹自己的心脏，让它不再畏寒。

冬天的汽笛声，被江面凝聚的湿漉漉的寒冷大雾阻隔，变成远方不清晰的含混声响。

很多个晚上听起来，像是在哭。

8

过了很多个时日之后，再继续的这个专栏。看看题目叫作“听见的世界”。

而眼下，耳朵里各种各样的声音，支持的，讨厌的，喜欢的，恶心的。他们混成一团哗啦哗啦的声响，在耳朵里四下滚动，像是桌球台面上那些被一杆用力打散的球。

从各种各样的人口中听见的自己。

高尚的，善良的，有才华的，谦虚有礼貌的。

卑鄙的，吝啬的，无知的，靠运气耍手段的。

种种不同的自己。

如果打开自己的心脏朝里面望去，会看见一个小小的自己，坐在心壁的角落，他抱着膝盖，抬起头静静地看着我。

他依然像多年前一样安静，在马路边停下来看落叶，在操场上停下来看头顶飞过的飞机拖着白烟。他依然留着碎碎的刘海，黑色的头发软软地耷在额前。他依然不太爱说话。

那个是最真实的自己。躲藏在无数峥嵘风云之后的自己。

9

听见无数的“我以前那么喜欢你，但以后我不会了”。

也听见更多的“小四我永远支持你”。

它们像是两棵完全不同的寄生植物，交错生长，彼此枝叶缠绕，争夺着有限空间里的阳光、土壤和水分。

它们并没有想过，也许有一天，中间的那棵大树会轰然倒下。

承受不了太多的恨。同样也承受不了太多的爱。

我是以什么样子出现在别人眼里？我是以什么形象传递在别人之间？我是那个善良感恩的人，还是那个在午夜粗暴挂断电话的狂妄小人？

10

我们每一天都在听见各种的事情。好的，不好的；顺心的，倒霉的。

我们自己和我们身外的他人，都在各种各样的流言里，变换着各种面孔，改变着各自心中的形象。

这几天晚上都和落落打两三个小时的电话。夜猫子似的两个人，握着电话感叹着人生，感叹着青春，感叹着上海的房价为什么那么贵。

同样感慨的，还有我们曾经度过的那些日子，被时间的大手迅速地拉长变形，然后用力抛向身后，我们再也寻找不回了。

只是我们都还是愿意做自己心中早就设定好的自己。做一个善良的人，被别人喜欢的人。

11

有时候在难得起来的早晨，会戴着厚厚的毛线帽子，去家附近的那条老街上的包子店买小笼包，在蒸腾的白汽中，会看见旁边一个学生模样的女孩转过头来，对我微笑打招呼：“小四！”

有时候站在红绿灯前等着过马路，身边两个学生，会拉拉我的衣服，说：“小四吗？”

有时候剪完头发，出来的时候还没来得及戴上帽子，就会看见拿着纸和笔等我的小姑娘，怯生生地说："小四可不可以签名？"

在生日的时候接到很多陌生的电话，电话里是可爱而年轻的声音："小四生日快乐。"

收到过一个音频文件，里面是时光论坛里无数读者想对我说的话，那天我泡在浴缸里，听完了整整一个小时的那些对我说的话。

还有在电影院里，在 KFC 当我大口啃着鸡翅的时候，在我家楼下的星巴克里，在我牵着狗去宠物店洗澡的路上，在逛街买衣服的时候，在逛书店的时候，都会听到很多很多充满喜悦和惊讶的声音在叫我："小四？！"

还有签售会上几千人海浪一样的声音，一层一层的像是海浪一样的声音。

他们在说，小四你很好，小四我永远支持你。

这些都是我所听见的世界。

我所听见的大部分的世界。

这是在我的巨大树干上披挂装点着闪光的绿色和璀璨的花朵的声音。

当他们围绕在我的身边，当他们随着我一起往更高的方向生长，当我成长为更加出类拔萃的参天树木，他们随我飞向更高也更寒冷的天空。

他们装点着我的世界，让我看起来更加美好。

他们包围着我的世界，就像冬天里一直包围着我们的温暖外衣。

第三章

COLLECTION
序章

来自某个星球

《陪安东尼度过漫长岁月》序

文|郭敬明

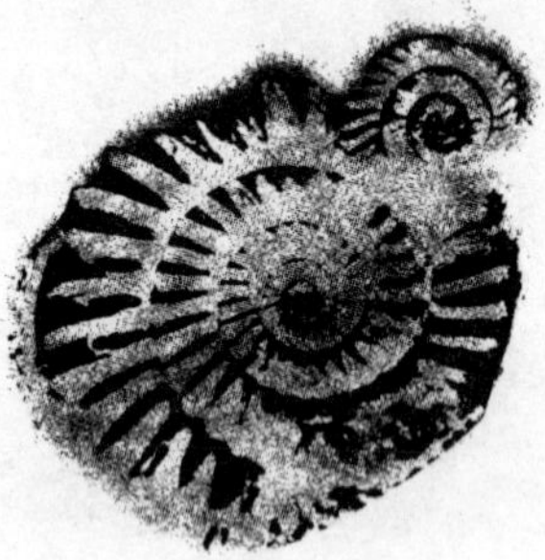

和安东尼的认识，要追溯到好几年前了。那个时候我还是一个刚刚开始走红的美少年（现在一不小心走上了渐渐中年的道路），那个时候的自己还没有像现在这样被很多人喜欢，当然了，那个时候的你们，更加不认识这个我即将认识的叫作安东尼的男孩子。

我和安东尼的会面，第一次是在大连，那个时候好像是《迷藏》的宣传期，我一个月里面连续在中国的各个城市之间飞行，在一处停留一晚，然后又前往下一个地方。我和安东尼的见面就是在这样短暂得像是驿站一样的空隙里发生的。

我不知道他从哪里神通广大地搞到了我的手机号码（后来事实证明，好多人都知道我的手机号），他给我发的第一条短消息好像是“你觉得西装是米白色的好还是黑色的好？”我当时觉得这个人应该是外星人吧（后来证明了，他确实是的）。我那个时候远远没有现在这么忙碌，在通告和通告的间隙，我还可以很无聊地去回陌生人的消息，比如安东尼。在一来一往里，我知道了他在大连，知道了他在沈阳念书，大连是老家，暑假放假正好待在家里。

于是，当我飞到大连的时候，这个不太爱说话的男孩子跑来找我聊天。

见面后他对我说的第一句话是：“你好像本人好看些，照片上挺难看。”

我简直有点傻眼了……我当时有点想转身就走的。

我本来是想找一个当地的导游，可以带我兜兜大连的海边啊，吹吹海风啊，看看大连的俄罗斯风情街啊什么的，我又不是来找羞辱的……

后来又一次去沈阳的时候，这个安东尼同学又很神奇地出现了。他的大学在沈阳。

他第二次看见我的第一句话是："你黑眼圈出现了。"

我悄悄地握了握拳。

然后就认识了。网上聊天，偶尔短信联系，偶尔打打电话。然后他就去了澳大利亚，一直待到现在。

其实爆料一下，这个序是他逼我写的，我最近忙得恨不得从 36 楼飞身而下，但是他在电话里斩钉截铁地说"你一定要写"，语气就像是柯艾公司的董事长一样。我考虑了一下他是从澳大利亚打回的电话，所以没有挂断他。不过听见他说"我觉得我能认识你，真是一件很奇妙的事情，我能开始写东西，到今天可以出书，完全就是因为遇见你的关系，所以，小四，拜托啦！"的时候，我就被打败了。

那么应该写一些什么呢？我发现他可以写东西完全是因为他的 blog，从去了墨尔本之后，他开始在他的 blog 上写一些没有标点符号的东西，也就是你们现在看到的这样一本书。当我从他的文字里看到了无数奇思妙想，并且伴随着无数温情和美好时，我有点诧异了。我并没有想过这些如同最好的治愈剂般美好的文字是来自于这样一个平时板着一张脸，偶尔看起来非常帅，偶尔看起来又非常另类的大男生笔下。我有点来了兴趣，于是我问他："你要不要在《最小说》上开个专栏啊？"

他好平静地说："随便啊。你说真的假的？"

我想了很多的词语和句子来形容你眼前这个男生，他真的是很奇妙的。高大的个子，却很单薄。走路有些晃。讲话很冷，但却可以自娱自乐，一个人小声说话谁都不知道他在说什么。说完自己还呵呵地笑两下表示赞同。

他有一只玩具兔子，他取名叫不二，走哪儿都带着，一直带去了墨尔本。

他会和兔子说话，和它聊心事，和它分享心情，为它拍照（……），带它出去散步（……），并且在我有一次称呼不二为玩具的时候，和我闹了一个星期的脾气。

他甚至养了一棵像是食人花一样的植物，并取名叫 GUZZI（好像是这个名字吧，忘记了）。他也会和它说话……他有一天告诉我 GUZZI 心情不好，我问他："GUZZI 是你女朋友啊？"他说："不是啊，你看！"于是他开了视频，把摄像头转向他房间的角落，于是我看见了一棵心情不好的食人花……

他写文章没有标点，导致出版社的工作人员校对完他的整本书后，讲话都结巴了。

他说他做了个无比美好的梦，他说梦见无数美少年在草地上奔跑……

他偶尔会发一些短信给大家，虽然是中文，虽然我们都认识那些字，但是那些字组合起来的意思，并没有人可以了解。比如"我要带你去飞行"……你说这算什么？一起从楼顶跳下去么……

关于安东尼更多的事情，大家还是从这本书里去了解吧。

我只能说，就算我和他认识了这么多年，我也依然觉得他是很奇妙的，肯定来自某个遥远的星球。

不过，肯定也是和小王子那颗星球差不多的。

因为在他的文字里，我读到了类似在悠长假期，躺在海边看一本最好看的小说，喝着冰红茶，听着音乐一样美好的感觉。

我也读到了一些孤单和寂寞，它们零星装点着他漫长的安静岁月。

这是他的历险记。

无形的冠冕

《西决》序

文|郭敬明

作为一个“80 后”的作家，我很幸运在 2006 年的时候，成立了自己的文化公司。在三年的发展过程里，我们以《最小说》为平台，向大家推荐了很多优秀的作者、画家和创作新人，其中有被大家所熟悉的落落、年年以及我自己，等等。在大概半年多以前，我们就曾经开会讨论过，以一部什么样的小说，来作为公司成立三周年的纪念作品，我们的候选里面包括我自己的作品《小时代 2.0 虚铜时代》、落落的《全宇宙至此剧终》，等等。在最后，我们所有人都达成了一个共识：我们希望由笛安的《西决》，来代表我们公司三年来的最高水准。

也许在一年之前，熟悉我们的读者，对笛安这个名字，是陌生的。但是在一年之后，笛安这个名字伴随着《西决》在《最小说》上的连载，每个月都出现在排行榜上第二名的位置（仅次于《小时代》），所有的读者对笛安也从陌生，变为熟悉，到现在的每个月疯狂追捧。

《西决》的火爆连载，对我们来说，其实是意料之外的。在当初审稿阶段，虽然作为主编和出品人的我，对这部小说爱不释手，但是，《西决》所涉及的题材和内容，在当下的青春文学里，是非常罕见的。笛安选择了当下青春文学里最不热门的父辈家庭伦理题材，这样无关风花雪月无关青春伤痛的故事，让我们犹豫了很久。最后，我们还是坚持了我们的选择，没有以市场口味为准，而是以我们公司的理念为准，那就是：我们希望带给年轻读者们，更加优秀的作者，更加优秀的作品。

事实证明，我们的选择是正确的，我们的理念也是正确的。这样一部非常规意义上的青春小说（准确地说，《西决》绝对是一部严肃文学作品），受到了百万读者的疯狂追捧，其受欢迎程度不亚于《小时代》。这也让我们更加相信，盲目追求市场，丧失自己品位的作品，其实是得不到大家的喜欢的。只有发自内心的文字，只有最能代表自己的文字，才能打动万千读者。

《西决》可以在无数风花雪月的故事里脱颖而出，究其原因，我想应该是笛安笔下具有的超越大部分作者的叙述能力和她精准的文字把握。在洗去铅华之后的那些不带繁复修饰辞藻的平白句子之下，隐藏的是更加高段位的叙述技巧和文字功底。这可以用"精准"两个字来概括。她使用的那句话，那个词，那个表述方式，你没有办法换成任何另外的一个词语，她已经为你选择了最最恰当、最最适合的那一个。这就是笛安压倒性的实力。无数新鲜到让人拍案叫绝的比喻，无数让人怅然心痛的抒情手法，无数叹为观止的人物对白，无数错综复杂的情节脉络，都在她看上去如同口语般简单流畅的文字之下，汹涌着、澎湃着。这不得不让人肃然起敬。

作为《西决》的出品人，我非常骄傲地向大家推荐这部作品；作为上海柯艾的董事长，作为《最小说》的主编，我非常荣幸能够以《西决》，来代表我们公司三年来的小说创作成就。

希望每一个人，都能和我一样，享受笛安带来的这一场文字盛宴，这一场情感的风暴。

睡在心里的狮子

《痕记》序

文 | 郭敬明

(图案可扫描)

从成立公司到现在，一晃已经快要五年的时间了。五年里，我作为出品人，出版了很多很多的作品，也写过很多的序。但是眼下的这一篇，应该算最特别的了吧。

今年春节的时候，我在四川老家过年，随手翻阅的杂志上正在介绍日本一位社长和日本那些大牌作者接触的故事，从鼎鼎大名的村上龙到一些国内人不太知道的本土作家，那个幻冬社的社长说了一句让我触动很大的话，他说，上帝造了一群羊，其中一只和另外所有的羊都不一样，它望着不同的方向，想着不同的问题，做着不同的事情。它孤独地站在角落里。这只羊，被称为作家——我的工作就是为这种人服务。

我和痕痕，我们的工作，也是为这群人服务的。我们搭档快要八年了。而今天，终于，她以一个作家的身份，我以一个出品人的身份，我们建立了一种全新的关系。这种关系虽然在我和她坚不可摧的友谊之下，显得薄弱，显得太过新鲜而没有时间积累，然而，却几乎颠覆了我心里，对她的认知，或者说，我曾经对她的认知，只是她人生的一部分。

为此，我诧异极了。

我在看完这本书的时候，其实心里是充满了别扭的。

第一个别扭的地方，是她把我们还原得都太真实了。其实仔细想想，她写的我们这些人，无论是我、落落，还是笛安、安东尼，等等，都是在当下年轻读者心中呼风唤雨的偶像级作家，我们常年活在读者的宠溺里，披戴着耀眼的彩虹光环，我们被编辑们、发行人员们、企宣部门的同事们捧在掌心里，我们被镜头捕捉着，被新闻烘托着，被销量装点着，被掌声围绕着，被读者崇敬着，我们身上显示出各种各样不真实的美，压倒性的强。然而痕痕却走出来，小声却坚定地告诉大家：他们脆弱着呢，他们无赖着呢，他们自卑着呢，他们平凡着呢。

痕痕用她冷静而精准的文笔，一点一点把我们外壳的亮片剥去，让我们换了睡衣，卸了浓妆，仿佛一颗煮熟剥壳后的鸡蛋般，又稚嫩又脆弱地摆到了桌上。我在看完书写我的部分的时候，我一度愤愤不平地质疑她，我说你干吗这样赤裸裸地揭发我，我可是公司的商业品牌啊。直到我看完了整本书之后，直到我内心翻涌的波浪平息下来，我才真正地理解了她：在最真实的作品面前，什么辞藻的修饰，什么品牌的价值，什么虚幻的形象，都不再具有意义。具有意义的，仅仅只是一个作家对生活、对人性最真实而精准的捕捉。她放下了所有她身上的标签，上海最世副总经理也好，作家经纪部总监也好，《最小说》文字总监也好……这些身份都不再具有意义，她此刻，就是一个正在捕捉记忆碎片的作者。

阅读《痕记》里关于我的篇章，就像是在乘坐倒流的时光机。那些我们一同经历的事情仿佛无数从耳边呼啸而过的快闪底片，虽然消失了色泽，但依然在每一个骤然撞向自己的瞬间，唤醒无数沉睡在心底深处的碎片，仿佛湖底一尾鲤鱼一摆，激起淤泥里无数早已沉淀了的闪光鳞片。

但是这种记忆是微妙的，并不是自己在某一个阳光浑浊的下午听着怀旧歌曲，回忆年轻岁月时的那种感觉，而是仿佛进入梦境，以一个灵魂的视角，重新审视我们一同走过的荒唐岁月，年少轻狂。记忆不再是我主观润色后的样子，这些往事里的自己也不再是那个完美无缺的万众偶像，不再励志不再动人，在痕痕的记忆里，我和任何一个青春期的少年一样平凡而又脆弱，敏感而又自我。我有时候觉得理所当然的事情，在她眼里变得蛮不讲理；我潜意识里想要遗忘从而真的遗忘了的某些脆弱时刻、丢脸时刻、冷漠时刻的自己，在她眼里依然顽固地存活着。同样，我很多时候无心的一句关心，一句问候，一个小动作，因为太过自然也被我遗忘的这些时刻，在她记忆里，也鲜明地存活着，日复一日地释放着暖人的光热。

第二个别扭的地方在于，我虽然相信她文字的熟练度，我也相信作为一个每天需要看大量的来稿，手下掌管着几十个当今全中国最红的青春作家的编辑，她这本书肯定不会写得太差。但是，让我惊讶的并不是她写得太差，而是她写得太好。这就有点超乎我的想象了。

我之所以这么说，并不是因为她所写的这些回忆有多么动人，有多么煽情，有多么容易勾起人对往事的惆怅。不是这些。我说她写得好，纯粹是因为她的文字技巧，和叙述时的调性。那种克制力，那种对自身情绪的收放自如，那种刻意为之的微妙距离感，那种在情绪和读者中间插进一面透明玻璃从而带来阅读时的欲罢不能感，都不得不让人承认她的文字本事。这分明已经是一个很成熟的作家了。作为一个作家，她对周围的世界感触保持着一种过分的锐利，作家们都是脆弱而敏感的，他们像是海底触须庞杂的海葵，对任何游过身边的微小情绪都牢牢抓紧，一触即发。痕痕也是这样。她将过往的岁月，全部收进她的小小行囊，一路肩负至此。

而篇章中间那些小短故事，完全就是苏联小说的写法，充满着翻译腔带来的冲突感，异样地迷人。

最后，还是忍不住站在朋友的角度，而不是一个出品人的角度，说一说这本书的作者，这个狮子座的女孩儿。狮子座的女孩，自尊心极强，要面子，强势，但同情弱者，有强烈的正义感。

我认识这个小狮子快要十年了。

这十年里，我们从 QQ 上有一搭没一搭聊天的网友，变成了生死之交。变成了冲锋陷阵彼此掩护的合作伙伴，她变成了为我打江山的将军。她从一个内向而又个性别扭的小女孩儿，成长为如今帮我打点着半个公司的老总，她的性格强势而又温柔，作风强硬却又包容。执行力超高，同时又不死板。我看着她一路走来，有时候感觉像是看着曾经的自己。

我和痕痕吵架么？

当然吵。

但是大部分的情况都是我歇斯底里地发飙，音量放大到全公司都能听见，她只是安静地听着，也不太说话。或者夺门而去，要么就是赌气不接她的电话，不回她的短信。最近的一次我们大吵，因为一点鸡毛蒜皮的小事儿，我生了好大的气。归根结底很简单，就是她和阿亮约了别的朋友一起吃饭，而忘记了叫我。作为一个拥有极强霸占欲的人来说，我难以容忍阿亮和她心中有任何的朋友比我还重要。我生气从而一个人去吃饭，手机关了，吃完自己坐车回家，司机对我说："痕痕一直打你电话，说找不到你。"我对司机说："不用理她，送我回家就行了。"结果车开到小区楼下，我看见她和阿亮抬着公司会议室那个读者送的巨大的玩具狗熊在小区门口等我。（后来我有嘲笑她们，"你们两个是有多幼稚啊？"）她们两个满脸笑容地拍拍我的车窗，拿着狗熊的手做各种动作，我隔着玻璃窗可以看到痕痕的口型是在说"别生气啦"，但我只是很冷漠地让司机继续往前开，没有任何的停留。我看见车窗上她失落又紧张的面容消失在视线后方。随后甚至任凭她在我家门口如何按门铃我也不开门。直到半个小时后我打开门，发现她靠着墙壁坐在走廊的地毯上。她也不砸门，也不发飙，也不死按门铃，只是看见我打开门的时候她局促地站起来，也没有说话，只是一颗眼泪轻轻地掉下来。

你看，大部分的时候，她都是这样近乎没有原则地让着我的。我觉得我的很多坏毛病，某种意义上来说，是被三个女人宠出来的。我妈，阿亮，还有痕痕。

但我也只有在她（以及阿亮，那就是另一个故事了）面前，会这么歇斯底里地暴露自己幼稚而蛮横的一面。因为我心里清楚，她心里也清楚，无论我们之间发生多么严重的争吵，我们总会合好如初的。我们彼此都深信这一点，所以我们敢在对方面前，毫不掩饰自己的弱点。也许我和她彼此对对方来说，都是世界上很少几个，就算暴露再多的缺点在对方面前，也依然不会丝毫讨厌对方的人。

两个月前痕痕生日的时候，那个时候，刚好又是我们大吵一架之后没几天（这一次的吵架比较严重，因为她和阿亮都非常不同意我一个商业上的决策）。几天里我们都没有说话，仅有的交流都是工作上的交接。直到她生日那天，她小心地在 QQ 上对我说“晚上我生日吃饭，你一定要来哦”。

那天晚上，我重新帮她买了一套阿玛尼的保养品套装作为礼物。（之前已经在伦敦帮她买了一个闪亮闪亮的 PRADA 拎包了。）晚上，在 KTV 里我和她都喝醉啦，忘记了在唱完哪一首歌之后，我拿起酒杯祝她生日快乐，她悄悄地凑过来，在我耳边说：“那你保证，永远都不会真的生我的气。”我笑呵呵地点头。她说：“拉钩，你保证。”

我笑了，我说“我保证”。

因为这是一件太容易做到的事情了吧。

英伦玫瑰

《天鹅·光源》序

文|郭敬明

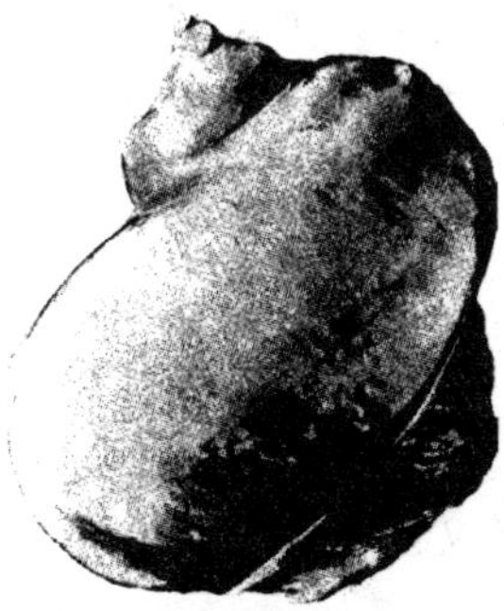

在谈这部《天鹅》三部曲之前，先说一点题外话。

一直以来，中国大众所接触到的欧美文化，仔细说来，应该是“美欧”文化——大部分都来自于“美”，而“欧”的部分少之又少。美国文化以其大众、主流、航母级商业体量等特性，借助好莱坞这把利剑，无限复制繁衍，横扫全球。而欧洲文化却日渐式微，越来越小众、孤僻，欧洲大量著作和电影在国内甚至难以寻觅。

然而，2011 年，英国电影《国王的演讲》成为奥斯卡之夜的最大赢家。一时间，英伦文化被冠以“学院派”的皇家勋章，推到了正统文艺的巅峰，成为最受追捧、炙手可热的文艺潮流。

2011 年，娜塔丽·波曼凭借《黑天鹅》斩获奥斯卡和金球奖双料影后。一夜之间，柴可夫斯基最著名的舞蹈代表作《天鹅湖》重新聚焦了全球古典艺术爱好者的目光。而《天鹅》三部曲正是这样一部以《天鹅湖》原作为蓝本、以原著人物为引线，带领读者重温正统原味的经典传世之作——当然，恒殊的野心可不仅仅只是在于重述这个美丽的故事，在《天鹅》系列里，恒殊笔下的人物挣脱了原有的矛盾枷锁，作者重新赋予了他们新的年代、新的城市背景、新的故事与命运，用颠覆传统的突破和反转戏剧的解读，让小说呈现出意外惊艳的美感。这种美感是大胆而叛逆的，同时又是保守而古典的。

作为这部小说的出品人，从某种意义上来说，我是失败的。

为什么会这样讲?

因为，在最初王浣介绍恒殊给我的时候，我并未对她的小说产生多大的兴趣。我草草地阅读了一两个章节，被满眼的翻译腔搞得头昏脑涨（一直以来，我都是偏爱中文阅读的，翻译作品的语感隔阂问题和词不达意，总是非常让我恼火），我随手就放下了，未过多理睬。后来恒殊又陆续发了很多部作品给我们，我也没有继续阅读的欲望。因为我潜意识里，是很抵触这种文风的，一个好端端的中国人，作品里这种浓郁的翻译腔是怎么回事？就不能好好地写中文么？而且我心里其实有一个先入为主的印象，那就是：我不认为一个中国人能够写好属于欧洲文化精髓的吸血鬼文化。就像没有人相信一个外国人能够写出好的聊斋故事或者武侠小说一样。

然而事实证明，我大错特错。

我是在一个偶然的机会下，开始认真阅读《天鹅》系列的。那是在一次飞往北京的航班上，我手边无书无报，又不想睡觉，百无聊赖下，翻出笔记本里编辑发来的《天鹅》系列的第一部《光源》，抱着“看看打发时间”的心态开始了阅读。

然后，就一发不可收拾。

下了飞机坐到车里，我依然没有放下手里的笔记本电脑，到了酒店之后立刻插上电源，把文档放进我的 kindle（电子阅读器）里，一个通宵手不释卷地看完了。这时，我才发现自己作为一个出品人的失败，我竟然差点错过了如此精彩的一部小说。（……仔细想来，之前笛安的《西决》，也是痕痕催促了我无数次，我才在收到稿子几个月后开始阅读的。看来我和所有普通的读者一样，都有先入为主的毛病。）

《天鹅》的精彩不单单在于吸血鬼的独特文化，也不单单在于情节的诡谲蹊跷，或者文笔的流畅优美，华丽古典，抑或是穿插其间的灵光妙想，黑色幽默。《天鹅》的精彩，是立体的，是完整的，是不可分割的。

从文字质感上来说，恒殊的文字里有种独一无二的魅力——

恒殊毕业于伦敦传媒学院，旅居英国8年，作为一个生活、工作在英国的中国人，中文是她的母语，她的小说里天生就有中文的细腻与瑰丽，奇妙与隽永；但同时，多年的旅居生涯又让她的文字里充满了欧洲文学复古典雅的韵味，而且她狂热地爱好哥特文化，她的文字与审美力都弥漫着哥特式的，神秘阴霾却又瑰丽堂皇的质感。后来当恒殊签约到我们公司，我们开始整理她的个人资料时，才赫然发现，她竟然是国内好多本畅销书的翻译者。我也恍然大悟她文字里那种“翻译腔”到底从何而来。同时，在阅读完《天鹅》之后，我也发现了，这种所谓的“翻译腔”风格的文字，是最适合，也是唯一适合《天鹅》这个故事的文风。因为本来中国文化里就没有吸血鬼这个体系，非常中文的语感，反倒会和吸血鬼的氛围格格不入（这也是为什么国内很多作者也写吸血鬼，但总给人“不伦不类”的感觉的原因）。正是恒殊的这种原汁原味的翻译腔，使得整部小说让人信服，让人足以沉浸到她的小说世界里而不至于“出戏”。但同时，剥开翻译腔的表皮，恒殊字里行间的质感，却是彻彻底底的中文美感，精雕细琢，隽永优美，甚至有一种国画里淡雅留白，重神韵轻形体的异曲同工之妙。比如她在描写与吸血鬼接吻时的比喻，“像在亲吻一面镜子”“接吻时他嘴里的金属味道”，这些看似直白简单而又独特优美的比喻，使得她的文笔简洁流畅的同时，能够精准地营造出立体的感官世界。因此，也让我们这些本来对吸血鬼文化不熟悉的异邦人，能够顺利地融入那个本属于古欧洲的文化系统。

而从文化底蕴层面上来说，和当下热门的各种吸血鬼系列相比，《天鹅》系列打破了以往吸血鬼小说“借恐怖之名写青春言情”的惯例，这是一本真正意义上的，由中国人创作的正统吸血鬼小说。小说里随处可见的欧洲古典文化，从历史到绘画，从建筑到音乐，纵横古今，恒殊信手拈来，头头是道，仿佛一部活着的《大英百科全书》。里面的各种情节，比如主角在参观国家画廊的时候，恒殊借主角之口，对里面收藏的各种名画的历史背景、创作风格一一道来，如数家珍；或者主角在某个饭店用餐，恒殊又将这家饭店的历史特色及坊间典故一一糅合在一起。《天鹅》里各处容纳的欧洲文化多得数不胜数，这也让《天鹅》超越了一般的类型小说，成为一部包罗万象的史诗般的作品。

再有就是《天鹅》的情节设计，整部小说弥漫着让读者们怦然心动的窒息般的爱情，无数浪漫的描写在死亡阴影的笼罩下，更呈现出一种哥特式的独有美感，这种危险的美让人异常着迷。除去这些浪漫的桥段，小说在情节伏笔设计、悬念营造上，都格外精彩，其中某些恐怖段落的氛围真是让人难以呼吸。在恒殊看起来波浪不惊的平稳叙述下，无处不在的细节暗示和陡然袭来的真相交错冲击读者，实在是一种顶级的阅读享受。

最后，想谈一谈《天鹅》中我最喜欢的魔鬼与D伯爵身上的那种黑色幽默和文章里不断闪现的高级笑料，实在是非常非常聪明，这些让人会心一笑或者哭笑不得的对话和细节，反讽和暗示，实在让人不得不怀疑这个作者是写专栏出身的杂文家。

在出书前夕，写宣传文案的时候，我赫然发现，果不其然，恒殊确实就是新华社《环球》杂志的专栏作家。

那还有什么好说的哪？

——全世界各地，都可以看见各种各样的玫瑰，千姿百态，芳香迷人。然而这种全世界开遍的美丽植物，很少有人知道它最初的发源地是中国。而恒殊，对我来说，就是这样一朵盛开在英伦的玫瑰。

——是时候，让大家领略一下，属于这朵英伦玫瑰的独特芬芳了。

夜的原矿

《桥声》序

文 | 郭敬明

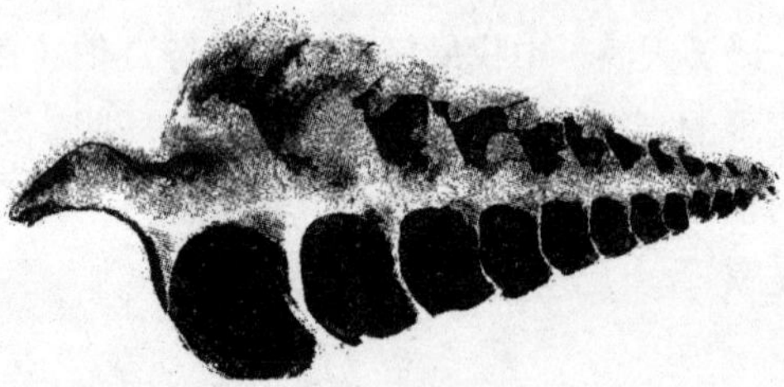

先说一点题外话。

在落笔这一篇序言的时候，我刚刚接到出版社宣传部的同事传来的消息：在一个全国性的媒体票选奖项中，我入围了。但微妙的地方在于，我并不是入围了“最佳作品”或者“最佳作家”的奖项，反而，我和几位中国出版界叱咤风云几十年的前辈，一起入围了“最佳出版人”的奖项。

从我第一次做出品人到现在，满打满算，也不过四年的时间。这四年里，确实有很多作者从《最小说》这个平台开始，迅速崛起，成为全国出版界的新锐，他们囊括了各大奖项的同时也收获了近几年来其他新生代作者无人能敌的市场销量。能够有幸作为他们的出版人，我为此感到骄傲。

我经常被问到一个问题，那就是：究竟作为出版人有什么吸引力，值得你牺牲那么多自我创作的时间？要知道，你也是一个作者啊。

其实作家和出品人，前者的核心精神在于坚持自己的审美，用自己的独特征服别人；后者与之相反，出品人的核心精神在于放弃自己固有的狭窄审美，发现别人的独特，然后帮助他征服别人。

我作为出品人可能推出了很多的作品，应该已经过百部了，但是其中我作序推荐的，很少。之前有过的落落、笛安、安东尼、恒殊、hansey……几乎每一个都是百万码洋级别的新生代佼佼者，他们用耀眼的成绩来证明了自己，同时也证明了我作为出品人的职业素质，我很感谢他们。

那么，是什么原因驱使我为吴忠全的处女作《桥声》作序的呢？我想，应该是他小说字里行间渗透出的那种黑暗特质，这是属于他骨子里的，从世界观价值观开始，就酝酿出的独一无二的特质。这种特质太惊人，也太迷人。而这种本应黏稠而炽热、细腻又复杂的特质，又被他以一种白开水般透彻而简练的笔法呈现着。他交出的答卷，就是这样一份萦绕着矛盾气息的黑纸。

首先他的文字异常洗练，我用的词是“异常”，而不是非常、十分、特别等词。“异常”代表着让人惊讶，代表着不合常理，甚至代表着让人质疑。因为他文章里所营造的叙事语气、白描场景、转场抒情，等等，全部统一在一种异常成熟且大气的语感之下，这种语感就是洗练。和目前大量的青春作家不同，吴忠全的文字里没有我们见惯了的花拳绣腿，没有铺天盖地的华丽辞藻，没有生僻怪异的新词异句，他用几乎接近于家长里短的口语和小学生就具有的词汇量，营造出了强大无比的小说气场。语言简单分两种：一种是不会创作的人，他的词汇量贫乏，缺少创作经验，叙述苍白无力；另一种，是千帆过尽、返璞归真，在大量的创作中积累起来的文字熟练度，已经能够让他们游刃有余地用最简单的词句，表达最复杂的情感结构。

我不相信吴忠全是第一种，但我更无法相信一个1989年出生的作者可以达到诸多“70后”甚至“60后”作家都无法达到的洗练精准。

很多年轻的作者在使用着“我的胸腔里萦绕着一种磨砂般的痛楚，眼眶用力地发胀，视线被风吹得一片破碎，整个世界在我的面前被糅进一片虚无的模糊里”的时候，吴忠全轻描淡写惜字如金地用三个字表达着同样的情绪：“我哭了。”

在阅读《桥声》的全过程里，我都持续地被这种让人惊讶的阅读体验轰炸着。他所使用的叙事，他对情绪的描写，时而近乎苛刻地克制，时而又近乎铺张浪费地渲染，都让人惊讶于他的底气十足和随心所欲。我甚至数度质疑他的阅读素养和创作背景，我不相信这是一个新人，而后来和他的聊天，更是加剧了我的质疑，他告诉我，他在2010年参加比赛之前，完全是一个不看小说的人，他在参加比赛之前，一篇文章都没写过。而且他也不知道自己这种洗练白描的写法是很多年轻作家耗尽数年时间想要洗尽铅华后完成的目标，最后，我不得不认同了对吴忠全同样赞扬有加的笛安的说法，她说：“他不知道自己跟别人原来如此不同——我觉得，不自知的与众不同还有另外一个更简洁的说法，就是才华。”

于是，在笛安的推动下，吴忠全登上了获得全中国媒体一致赞誉的文艺旗舰杂志《文艺风赏》的新人特辑。

其次，不得不说的是他小说的黑暗特质。我相信每一个阅读他的小说的人，特别是这部《桥声》，都会被持续战栗的阅读体验所攫住。他仿佛一个最冷静的枪手，站在黑暗里朝你持续而平稳地扣动着扳机，于是所有你之前建立起来的家庭观、世界观、价值观，都在他一颗接一颗冰冷的子弹冲击下，分崩离析溃不成军。笛安说：“吴忠全的文字里有种浑然天成的冷酷。我相信有很多人看过他的文字会不安地说这冷酷背后蕴涵了深情——但那真的不是这个作者的审美。”我很认同这一点，我觉得他是发自内心地对这个世界有一种偏执的恨意。他拿着匕首并不是想要捍卫些什么，甚至不是为了自卫，他只是为了和这个世界同归于尽。

在他的小说里，有着大量让人沉默但又沉迷的描写，比如清晨大地上波光粼粼的河流，美好的场景在他眼里是“一条发亮的蛇”。比如黑夜的星空，在他眼里是“苍老的破败卷轴，书写着人生的漆黑，也反讽着永远不会来临的曙光”。他难得出现一个美妙的描写“世界的色彩旋转不停，美妙无比，看起来就像一个漂亮的万花筒”，但紧接着他的下一句，却是“我想要葬身其中”。

就是这种持续的，仿佛黑色胶质一样的东西，在阅读的过程里，紧紧地包裹住了你。我在没有阅读这个小说之前，曾经和这本书的美术编辑张强聊天，我问他这本书感觉如何。他说：“我是个不怎么看书的人，我在排版《天鹅》的时候也没看，但《桥声》让我忍不住想要看下去，我想要知道结果，我不相信结果一丝温暖都没有。但我输了，他没有给人留下任何余地。”过了会儿，他看着我说，“如果你家庭观念很重的话，你会被这个小说击溃的。”

我经常回答的另外一个关于出品人的问题是："你最在乎作家身上的什么品质？"我的答案是："我喜欢作者中呈现出来的独一无二，他的辨识度就是他的一切。"如果说笛安的辨识度在于她几乎十项全能百毒不侵，安东尼的辨识度在于他的个人品牌和奇怪文字的完美融合，恒殊的辨识度在于她专业领域的无可匹敌，那么吴忠全的辨识度，就在于他从头至尾散发出的这股强烈的黑色暗质。

当然，作为处女作的《桥声》，还是有一些缺点的。比如一些描写上的多余（我相信这也是他在被很多人诟病"语句苍白，不懂比喻，没有华丽的文笔"之后的一种妥协和让步），比如一些情节的生硬。但是，瑕不掩瑜，这块黑色的"瑜"终将绽放他的光芒。

作为出品人，我认为自己再一次发现了一枚未经打磨的宝石——这枚属于黑夜的原矿。

2014年3-4月上海最世文化发展有限公司畅销书排行榜

| TOP25 |

排名	书名	作者
1	黄—陪安东尼度过漫长岁月Ⅲ	安东尼
2	幻城	郭敬明
3	夏至未至	郭敬明
4	悲伤逆流成河（新版）	郭敬明
5	天众龙众·伏地龙	宝树
6	天众龙众·金翅鸟	宝树
7	青春白恼会VOL.8	千靥
8	新·山海经	申琳
9	红—陪安东尼度过漫长岁月Ⅱ	安东尼
10	小时代3.0刺金时代	郭敬明
11	故乡，或者城市	郭敬明 主编
12	临界·爵迹Ⅰ	郭敬明
13	渣男与真爱	孙晓迪
14	这些 都是你给我的爱	安东尼 echo
15	临界·爵迹Ⅱ	郭敬明
16	这些 都是你给我的爱—云治	安东尼 echo
17	愿风裁尘	郭敬明
18	17	落落 主编
19	西决	笛安
20	隔梦相爱	冯源
21	小时代2.0虚铜时代	郭敬明
22	爵迹·燃魂书	郭敬明 等
23	东霓	笛安
24	南音（上、下）	笛安
25	时间之墟	宝树

怀石逾沙

ZUI Book
CAST

作者 / 郭敬明

出 品 人 / 郭敬明
选题出品 / 金丽红　黎波
项目统筹 / 阿亮　痕痕
责任编辑 / 赵萌
助理编辑 / 刘栋
特约编辑 / 小风
责任印制 / 张志杰

装帧设计 / ZUI Factor　www.zuifactor.com
设 计 师 / 胡小西
封面插画 / Maichao
内页设计 / 曹欣

出版社 / 长江文艺出版社
出品 / 上海最世文化发展有限公司
官方网站 / www.zuibook.com
平台支持 / 最小说　ZUI Factor

图书在版编目（CIP）数据

怀石逾沙 / 郭敬明著 .-- 武汉：长江文艺出版社，2014.5
ISBN 978-7-5354-5153-8
Ⅰ . ①怀… Ⅱ . ①郭… Ⅲ . ①散文集—中国—当代 Ⅳ . ① I267
中国版本图书馆 CIP 数据核字（2014）第 078174 号

怀石逾沙

郭敬明 著

出 品 人 | 郭敬明
选题出品 | 金丽红　黎　波
项目统筹 | 阿　亮　痕　痕
媒体运营 | 李楚翘
责任印制 | 张志杰
责任编辑 | 赵　萌
助理编辑 | 刘　栋
特约编辑 | 小　风
装帧设计 | ZUI Factor
设 计 师 | 胡小西
内页设计 | 曹　欣
封面插图 | Maichao

出版 | 长江出版传媒 | 长江文艺出版社
电话 | 027-87679310　传真 | 027-87679300
地址 | 湖北省武汉市雄楚大街 268 号湖北出版文化城 B 座 9-11 楼　邮编 | 430070
发行 | 北京长江新世纪文化传媒有限公司
电话 | 010-58678881　传真 | 010-58677346
地址 | 北京市朝阳区曙光西里甲 6 号时间国际大厦 A 座 1905 室　邮编 | 100028
印刷 | **三河市鑫利来印装有限公司**
开本 | 700×1000 毫米　1/16　印张 | 16
版次 | 2014 年 5 月第 1 版　印次 | 2014 年 5 月第 1 次印刷
字数 | 180 千字
定价 | 28.80 元